KB242236

문학교육론

문학교육론

한국학술정보[주]

■책머리에

　나는 원칙에 대하여 토론하기 위해 이 책을 썼다. 아득한 지식의 숲에 들어가 학자들은 범속한 현학주의에 타락한 채 방황하고 있으며, 편협한 이념에 집착하여 교사들은 천박한 실용주의를 내세우고 정체되어 있다. 이론은 이론 자체를 위한 심심풀이가 아니라 인간의 행복에 봉사하는 무기가 되어야 한다. 그리고 인간에 관한 일치고 교육에 무관한 것은 없는 법이다.

　젊은 나이로 대학 선생이 되어 몇 해를 보내면서 나는 공허에 부딪쳤다. 알고 있다고 생각한 신념들을 비판적으로 재검토하면서, 나는 이러한 책을 쓰는 일이 나 자신과 많은 사람들에게 필요하리라고 판단하였다. 이 책은 자책과 반성의 기록이다.

1979년 9월

　이 책은 10·26 사태 이후 최초로 금서 처분을 받았다. 소위 진보파 학자들이 정리한 금서목록에는 이 책이 들어 있지 않다. 아마 그들이 당파성을 객관성보다 앞세우기 때문일 것이다. 새로 내는 기회에 사실을 기록해 둔다.

2005년 12월
김 인 환

차 례

문장 교육론

바른 문장을 쓸 수 있다는 것은 인격 연마의 결과이며, 문장에 대한 훈련은 인간성의 교육이 될 수 있다. 언어 자체가 하나의 강력한 철학이기 때문이다.

1

문장의 규칙은 문장의 외부에서 문장에 가하는 명령이 아니라 문장
의 내부에서 문장을 형성하는 약속이다.

아리스토텔레스가 인간을 이성적 동물이라고 정의해 놓은 이래 많은 사
람들이 인간과 동물을 구분하는 종차(種差)가 되는 이성의 본질에 대하여
논의해 왔다. 2천년이 넘는 철학의 역사는 이성의 개념을 둘러싸고 회전하
고 있다 하여도 과언이 아니다. 그리고 그 모든 논의가 작은 회답조차도 마
련하지 못하고 계속해서 질문만 축적해 왔다는 사실도 부인할 수 없다. 인
간에게 발전이 있다면 낡은 질문에 대하여 새롭게 대답한 데에 있지 않고,
오히려 이전에 없었던 새로운 질문을 제기한 데에 있을 것이다.

이성의 본질에 대한 논의 가운데 하나는 그것을 문장의 생성과 이해로 보
는 입장이다. 인간의 내면에 잠재되어 있으리라고 추측되는 모호한 내용을
더듬기보다는 사람이 사용하는 문장의 성격을 살펴봄으로써, 다시 말하면
사회적 의사소통의 과정을 숙고함으로써 사람됨의 본질을 좀더 분명하게 파
악할 수 있으리라는 기대가 나타났으니, 문장을 만들고 알아채는 통사적(統
辭的) 동물이라고 인간을 정의하는 것이 더욱 근리(近理)하다는 태도이다.

인간이 생성하는 문장 또는 문장의 집합은 개인에 귀속되는 것이 아니고
상호 주체성의 세계에 속해 있으며, 죽은 추상성이 아니라 살아 있는 활동
성이다. 문장은 인간의 속에 흐르는 '피'이면서 동시에 인간과 인간의 사이
에 흐르는 '공기'이다. 사회라는 추상어를 우리는 다양한 정보를 함께 공유
하는 인간의 관계 구조 또는 이해의 그물이라고 생각할 수 있다.

침략주의에 짓눌려 신음하던 기억은 우리에게 군사 능력이 곧 사회보존
의 핵심임을 가르쳐 주었고, 허약한 통치의 혼란이 남긴 상처는 우리에게

확고한 규제 능력이 또한 사회 형성의 필요조건임을 알게 하였다. 그러나 사회의 본질은 그러한 군사 능력과 규제 능력보다 더 깊은 곳에 살아 있는 인간의 욕망과 관련지어 탐구되어야 한다. 인간 정신의 욕망이 단순한 잠재 상태에서 벗어나 다종다양한 형태로 분화되어 솟아오르고, 다시 그러한 욕망이 분화상태를 극복하고 몇 갈래로 봉합되어야 한다. 욕망을 분화하고 봉합하는 계기가 바로 의사소통의 과정이다. 각 개인이 자기의 구체적인 욕망을 드러내고 사회 전체의 욕망이 자유민주주의와 사회평등주의로 봉합되면, 의견의 차이를 용인하는 원칙과 다수결의 원칙과 타협·양보의 원칙에 기초한 비판적 토론의 영역이 확대됨으로써 건전한 사회가 형성된다고 볼 수 있다. 결국 의사소통이 사회를 사회답게 형성하는 것이다.

의사소통이란 문장 또는 문장의 집합이 담당하는 직능이다. 위에서 언급한 세 가지 원칙은 의사소통의 규칙이거니와, 인간이 생성하는 모든 문장에는 야구의 규칙과 비슷한 약속이 있다. 야구 경기가 야구의 규칙에서 분리되어 수행될 수 없듯이 문장을 생성하고 해독하는 행위도 문장의 규칙에서 독립하여 영위될 수 없다. 문장의 규칙은 문장의 외부에서 문장에 가해지는 명령이 아니라 문장의 내부에서 문장을 형성하는 약속이다.

미국의 언어학자 존 써얼은 인간의 약속이 지닌 네 가지 조건을 밝혀 선택의 조건, 최소 노력의 조건, 책임의 조건, 진지의 조건 등을 제시하였다. 약속하는 사람들은 서로에게 좋은 방향으로 선택하며, 되도록 용이하게 그 약속을 지킬 수 있는 방도를 모색하며, 약속에 대하여 진지한 태도와 책임감을 느낀다는 해석인데, 이러한 조건은 개인의 약속에서 정치적 커뮤니케이션에 미치는 영역에 두루 타당하다는 것이다. (李廷玟 편, 「言語科學이란 무엇인가」, 文學과 知性社, 337면 참조)

그런데 문장의 규칙은 의미와 사고의 규칙이며, 의미와 사고의 규칙은 인간의 정신에 애초부터 갖추어져 있으므로, 관찰보다는 반성과 성찰에 의하여 파악하려고 하는 것이 좋다.

인간이 사용하는 문장에는 두 가지 상반되는 현상이 나타나 있으니, 논리적 현상과 비논리적 현상이다. 흔히 문장의 논리적 현상을 강조하고 비논리적 현상을 배제하려 하나, 그것은 지나치게 소박한 태도이다. 논리적 현상과 비논리적 현상은 함께 문장에 뿌리박고 있는 것으로 어느 하나를 쉽사리 제거할 수 없다. 문장의 교육은 마땅히 이 두 가지 현상을 동시에 고려하여 생활에 잘 활용하도록 하는 데에 목적을 두어야 한다. 문장의 이러한 양면을 논리적 현상과 변증법적 현상이라고 해도 무방하다.

문장의 교육은 먼저 문장을 변형하고 문장과 문장을 연결하는 몇 가지 관계어 및 연결어의 정확한 사용에서 시작한다.

$$
\begin{array}{rl}
非 : & \sim \\
또는 : & \vee \\
와 : & \wedge \\
면 : & \supset \\
같다 : & \equiv
\end{array}
$$

'또는', '와', '면' 등의 연결어가 모호하게 사용되는 경우가 상당히 많은데, 문장과 문장이 이러한 연결어로 관계될 때에는 반드시 다음과 같은 약속이 지켜져야 한다. 한 문장을 p라 하고 다른 한 문장을 q라 하면, 'p와 q'는 p 및 q가 다 참일 때만 참이고, 그 이외의 경우에는 거짓이 되며, 'p 또는 q'는 p와 q의 둘 가운데서 적어도 하나가 참이 되어야 참이 되며, 'p 면 q'는 p가 참인데 q가 거짓이 되는 경우에만 거짓이 되고 그 이외의 경우에는 참이 된다.

이러한 약속을 염두에 두고 살펴보면, 'p와 q'가 '非p 또는 非q가 아니다'와 같음을 알 수 있다.

p	q	(p∧q)	~(~p∨~q)
T	T	T	T F F F
T	F	F	F F T T
F	T	F	F T T F
F	F	F	F T T T

$$(p∧q) ≡ ~(~p∨~q)$$

　단순한 문장을 부정변형과 연결변형으로 복잡하게 만드는 것은 불경(佛經)의 상투적 표현인데, 이러한 연결어의 개념을 분명히 알고 있으면 복잡한 문장을 다시 원래의 단순한 형태로 바꿀 수 있게 된다.

　문장 교육의 기본개념 중에 염두에 두어야 할 내용의 하나는 전체와 부분의 관계이다. 부분을 전체로 바꿔치는 오류는 일상생활에서 매우 흔하게 보인다.

　크레타 사람 에피메니데스가 "모든 크레타 사람은 거짓말쟁이다"라고 말했다. 에피메니데스가 옳다면 적어도 한 사람의 크레타인은 거짓말쟁이가 아니니, 모든 크레타 사람이 거짓말을 하는 것은 아니다. 모든 크레타 사람이 거짓말쟁이라는 말이 옳다면, 에피메니데스도 거짓말쟁이가 된다. 부분에 해당되는 사태를 전체에 적용할 때에 일어나는 모순의 한 실례이다. 실제로 그가 한 말은 "어떤 크레타 사람은 거짓말쟁이"라는 평범한 진술에 지나지 않는다.

　전체에 해당되는 경우와 부분에 해당되는 경우를 구분하는 훈련은 매우 중요하다. M이 R에 포함되고 s가 집합 M의 한 구성요소로서 M에 속하면, s는 집합 R의 한 구성요소로서 R에 속한다는 관계를 '모든 (∀)'이란 기호를 사용하여 나타낼 수 있다. 다음의 두 정식은 동일하다.

$$\text{㉠} \quad \dfrac{\begin{array}{c} M \subset R \\ s \; \varepsilon \; M \end{array}}{\therefore \quad s \; \varepsilon \; R} \qquad\qquad \text{㉡} \quad \dfrac{\begin{array}{c} (\forall x)\,(Mx \supset Rx) \\ Ms \end{array}}{\therefore \quad Rs}$$

M을 사람들이 집합이라 하고, R을 이성적 본성이라 하고, s를 원효라 하면 위의 정식은 사람이 있다면 그들은 모두 슬기롭다는 일반적 연역 추론의 형식이 된다.

모든 사람은 이성적이다.
원효는 사람이다.
그러므로 원효는 이성적이다.

이에 반하여 '어떤(Ǝ)'이란 기호를 사용하여 적어도 하나 이상이라는 의미를 표시할 수도 있다. "일부의 사람들은 슬기롭다"는 문장은 어떤 사람들이 있고, 그들은 슬기롭다는 의미의 $(\exists x)\,(Mx \wedge Wx)$로 표시된다. 전체의 경우와 부분의 경우는 판이한 문장관계로 나타나는 것이다.

흑 아니면 백이라는 사고도 문장교육에서 경계해야 한다. 어떤 문장이 지닌 가능성의 값을 1/2이라고 하면, 그것의 부정문장도 동일한 가능치(可能値)인 1/2이 된다. 참(1)과 거짓(0) 이외에 가능성(1/2)이 고려될 수 있는 것이다. 가능성을 1과 0 사이에 있는 1/2 하나로 본다면, 참과 거짓의 사이에 비결정(非決定) 하나만 첨가될 터이나, 0과 1의 사이에 있는 수치(數値)는 무한하므로 확률론을 도입하면 무한한 다치(多値)의 논리가 구성될 수 있다. 이 경우에 2치적 사고는 다치적 사고의 특수한 부분으로서 다치적 사고에 포함된다.

또 하나, 정치적 선동·선전이나 광고를 대할 때는 그 문장이 가능한 내

용인가, 불가능한 내용인가, 필연적인 내용인가, 우연적인 내용인가를 구분
해 보아야 한다. 정치적 선전이나 상업적 광고는 가능한 것을 가능하지 않
다고 하고 불가능한 것을 가능하다고 할 경우가 많기 때문이다.

가능기호($\Diamond$)와 필연기호($\Box$)를 사용하여 가능성과 필연성과 우연성을 검
토할 수 있다. 사실의 세계에서 참이 되는 경우가 전혀 없으면 가능의 세계
에서도 거짓이 된다. "P가 참이면서 동시에 P가 거짓임이 가능하다"라는
문장은 가능의 세계에서도 거짓이다. 상상력도 경험적 사실의 제약을 아니
받을 수 없는 것이다.

p	~p	p∧~p	$\Diamond$(p∨~p)
T	F	T	F
T	F	F	F
F	T	F	F
F	T	F	F

'P는 필연적으로 참이다' 또는 'P가 참임은 필연이 아니다'와 같은 필연
의 세계와 우연의 세계 사이에는 '필연이면 가능'이라는 관계가 성립한다.

$$\Box P \supset \quad P$$
$$P \supset \Diamond P$$
$$\therefore \Box P \supset \Diamond P$$

우연의 세계는 'P가 거짓임이 가능하고 P가 참임이 가능하다' 또는 'P가
참임은 필연이 아니고 P가 거짓임도 필연이 아니다'라는 형식으로 가능기호
또는 필연기호를 사용하여 표시할 수 있다.

문장의 논리적 현상을 단순히 몇 가지로 검토해 보았지만 문장에는 비논리

적 현상이 또한 있어서 강력한 힘을 발휘하고 있다. 저 유명한 소크라테스의 문장을 이끌면, "내가 아무것도 모른다는 것을 나는 알고 있다"라고 표현되는 내용에서 우리는 논리적 규칙을 찾을 수 없다. 논리적 의미에 있어서 앎(知)과 모름(無知)은 반대이며, 그 대립되고 모순된 의미를 병렬하거나 교환할 수는 없다. 그러나 이 말을 듣는 우리들은 그 문장의 형식적 비논리성에도 불구하고 관습적인 지식의 축적을 비판하는 정열적 호소에 감명을 받게 된다.

문장의 비논리적인 현상은 글자 그대로 무의미한 순환상태에 떨어지는 경우도 있다. 웅변술을 배우려는 학생이 소피스트를 방문하여, 수업과정을 마치고 최초의 소송사건에서 이기면 수업료를 지불하기로 계약했다. 수업과정을 끝내고 오랫동안 학생이 소송사건을 일으키지 않으니, 선생이 수업료를 지불하도록 해 달라고 학생을 고발하였다. 학생은 "소송사건에 이기면 재판에 의하여 지불하지 않아도 되고, 소송에 지면 처음 입학할 때의 계약에 의해 지불하지 않아도 된다"고 주장하였다. 이에 맞서 선생은 "소송에 이기면 재판에 의해 수업료를 받아야 하고, 지면 계약에 의해 수업료를 받아야 한다"고 주장하였다.

이러한 말장난에 그치는 비논리적 문장이 많이 있기는 하지만, 비논리적 문장은 때때로 무의미 속에 깊은 의미를 간직하고, 예리하고 신랄하고 진지하게 허위를 지적하며 은폐된 부조리를 적발할 수 있다. 어느 선생에게 전화가 걸려 왔는데, 수화기 너머에서 누군가 "내 아들 기영이는 아파서 오늘 학교에 나가지 못했습니다"라고 말했다. 선생이 "누구신가요?"라고 묻자 "나의 아버지입니다"라고 대답했다. 저도 모르게 진실이 폭로되는 사태 속에서 이 이야기에 있는 문장의 집합은 문장의 형식과 문장의 의미 사이에 나타나는 모순을 지시하고 있다.

어떤 사람이 "외교관과 숙녀의 차이는 무엇입니까" 하고 물었다. 대답하여 가로되 외교관이 "좋습니다" 또는 "그렇게 하지요"라고 말하면 '어쩌면 그렇게 할지도 모른다'는 뜻이고, "혹시 그렇게 할 수도 있으리다"고 말하면 '결코 안 된다'라는 뜻이다. 만일 "안 된다"라고 말한다면 그 사람은 외교관이 아니다. 반대로 숙녀가 "안 된다"라고 하면 '어쩌면 그럴 수도 있다'는 뜻이고, "혹시 그럴 수 있을지 모른다"라고 말하면 '좋다'는 뜻이며, 만일 "좋아요"라고 말한다면 그 사람은 숙녀가 아니다.

이 이야기 속에도 표현 형식과 실제 의미 사이에 있는 모순이 나타난다. 외교관과 숙녀는 모두 생각하고 있는 것과 다른 문장을 사용하고 있다.

보기를 하나 더 들어 "인간은 오류와 싸우기 위해 오류를 찾아내야 한다. 이것이 인간의 사명이다. 그러나 진리와 오류는 비슷해서 혼동을 일으키므로 인간은 흔히 진리를 살해해 왔다"는 문장을 검토해 보아도 역시 진리와 오류라는 대립적이고 모순적인 표현들이 결합되고 상호작용하며 교환되는 현상이 나타난다. 대립을 대립으로 분리하는 논리적 현상과 반대로 여기서는 대립 가운데서 통일이 발견되고 통일 속에서 대립이 솟아난다.

2

언어가 정확하다는 것은 삶의 첫째 목표이다. 그것이 없이는 아무것
도 유효하게 전달할 수 없기 때문이다.

문장의 교육은 조리 있는 사고를 가능하게 하는 데 목적이 있다. 사고의 영
역은 매우 광범하여 그 구체적인 내용을 하나하나 지적하기는 불가능하지만,
인간이란 동물이 서로 유사한 그만큼 공통된 형식적 특성을 지닐 수 있다.

인간의 이성이 무엇을 어떻게 알며 어디까지 아느냐 하는 문제를 추구하
던 칸트는 경험적인 요소와 합리적인 요소를 함께 중지하여 인식 성립의
계기로 삼았다. 인식의 대상이 먼저 직관에 의하여 받아들여지지 않으면 안
되며, 직관에 의하여 우리의 정신에 받아들여진 현실적 사물은 반드시 시간
과 공간의 제약 아래 주어진다고 하여, 감각과 경험을 중시하였다. 그리고
직관에 의하여 받아들여진 것에는 통일과 질서가 없으므로, 이 다양한 재료
에 통일성을 부여해 주어야 하는데, 인간의 정신 속에는 분량과 성질과 관
계와 양상을 따지는 순수한 지성의 범주들이 있다고 하였다. 다시 말하면
단일성·수다성(數多性)·전체성, 실재성·부정성·제한성, 실체성·인과
성·상호성, 가능성·현실성·필연성 등을 따지는 능력이 인간에게 있다는
것이다. 한 그루의 나무를 지각할 때 우리는 직관을 통하여 시간과 공간의
제약을 받는 그 여러 성질을 파악하지만, 그것이 '하나'의 나무임을 아는
힘은 감각적 직관에 속하지 않는다. '하나'라고 하는 수는 어느 시간, 어느
장소에 있는 것이 아니라 인간의 정신 속에 본래부터 들어 있는 것이다. 그
러므로 칸트는 "직관 없는 개념은 공허하고 개념 없는 직관은 맹목"이라고
했다.

여기서 우리는 인간의 사고형식에 있어서 시간과 공간, 원인과 결과라는

두 가지가 중요함을 알 수 있고, 문장의 교육에서도 시간과 공간에 대한 사고, 원인과 결과에 대한 사고를 개발해야 할 이유를 터득할 수 있다.

인간이 태초에 수평선을 바라보고, 그것과 직각을 이루고 있는 수직선(垂直線)을 그어 공간을 계산하기 시작한 이래, 아인슈타인이 광속(光速)에 상응하는 속도로 움직이는 물체의 시간·거리·질량·힘을 계산하여 서로 다른 시공체계(時空體系)를 증명한 현금에 이르기까지 시간과 공간은 인간 사고의 가장 큰 주제가 되어 왔다. 그리고 달이 궤도를 선회하는 것은 지구와 달 사이에 그 거리의 제곱에 반비례하는 힘이 작용하고 있기 '때문'이라는 것을 뉴턴이 발견한 때로부터 제임스 진스가 "딱딱한 공이 어떠한 크기의 장소를 차지하는지는 알 수 있으나, 전자가 얼마나 많은 장소를 차지하는지를 논하는 것은 무서움·걱정 등이 어느 정도의 공간을 차지하는가 하는 질문처럼 무의미하다"고 지적하고, 모든 인과율을 전 상태의 확률과 후 상태의 확률 사이의 개연성으로 바꾸어 놓은 현재까지 원인과 결과는 인간 사고의 중심 테마가 되어 왔다(물론 전자의 세계에서 확률적 오차는 6.6262×10^{-34}Js 정도에 지나지 않는다는 것은 고려해야 한다).

과학사를 훑어볼 때에 우리는 인간의 사고를 지배하는 다른 두 가지의 형식을 얻을 수 있으니, 비교와 대조, 집단화와 일반화이다. 다윈과 공동으로 진화론을 발견한 왈라스는 열댓 살에 이미 라이치스터 교외 16km 이내에 있는 천여 종의 풍뎅이를 비교하고 대조할 수 있었다. 생물표본을 모아 수집가에게 팔면서 생활했던 왈라스는 남미의 아마존 유역 수천 킬로미터를 4년 동안 답파하고, 다시 말레이 군도(群島)를 8년 동안 뒤지면서 표본을 모아 영국에 보냈다. 그동안에 그가 한 작업은 전부가 비교와 대조, 집단화와 일반화였다. 이러한 작업의 결과로 나타난 최종적 일반화가 유전과 변이와 도태를 세 기둥으로 하는 진화론인 것이다. 개체 사이에는 생존하려는 투쟁이 격렬하게 일어나며, 다수 개체 중에 우수한 개체변이를 수행한 것만이 그 경쟁에 이겨 생존하게 되고, 패배한 개체는 소멸한다. 이러한 과정이 세대를 이어 반복되는 동안에 그 특성이 점차로 누적되고 눈에 띄게 변이되어 새로운 종이 발생한다. 환경에 잘 적응한 개체가 자연의 힘에 도태되어 살아남게 되며, 적응현상의 결과로 생긴 여러 가지 성질이 부모에게서 자식에게로 유전되고 같은 방향으로 더욱 발달하게 되는 것이다.

이러한 거창한 일반화를 그 결론만 추출해 고려하는 것은 전혀 무가치한 일이다. 결과에 이르기까지에 수행된 비교와 대조, 그리고 집단화의 결과를 더욱 중시하지 않으면 안 된다.

짜르의 전제체제 아래서 억압과 증오 속에 죽은 위대한 자유주의자 멘델레프의 주기율도 비교와 대조, 집단화와 일반화의 산물이다. 그는 원소들의 행동과 괴상한 버릇까지 자세히 비교하고 대조하며 집단화하고 일반화하였다. 수소에서 염소까지 15개의 원소를 카드에 적고 그것들을 원자량의 순서로 늘어놓은 후에 가장 가벼운 수소를 따로 떼어놓고, 리튬에서부터 세로로 베릴륨·붕소·탄소·질소·산소·플루오르의 순서로 늘어놓으니 여덟 번째에 리튬과 유사한 성질을 지닌 나트륨이 되었다. 다시 나트륨에서 시작해서 마그네슘·알루미늄·규소·인·황·염소의 순서로 나아가다 보니 다시 알칼리 금속이 나타났고, 세 번째 주기는 칼륨·칼슘·스칸디움·티탄·바나디움·크롬의 차례로 나아가서 망간으로 끝나는데, 리튬·나트륨·칼륨이 모두 알칼리이며, 베릴륨·마그네슘·칼슘도 비슷한 금속이 됨을 알게 되었다.

당시에 알려져 있던 63가지의 원소를 비교하고 대조하고 집단화하면서, 멘델레프는 티탄을 붕소·알루미늄 아래에 놓으려다 그 성질이 탄소·규소와 비슷한 것을 보고 "여기에는 아직 발견되지 않은 원소가 있다. 그것의 원자량은 티타늄보다 적을 것이다"라고 단정했다. 그 빈 칸은 스칸디움의 발견으로 채워졌다.

이상의 설명을 통하여 시간과 공간, 원인과 결과, 비교와 대조, 집단화와 일반화가 인간 사고의 중요한 형식이 됨을 이해했을 것이다. 이러한 사고의 형식을 문장 교육과 연결하려면 다음과 같은 단계를 거치게 된다.

학생들을 호명하여 시간을 나타내는 낱말, 공간을 나타내는 낱말, 원인을 뜻하는 낱말, 결과를 의미하는 낱말, 비교를 가리키는 낱말, 대조를 드러내는 낱말, 집단화하는 데 쓰이는 낱말, 일반화하는 때 사용되는 낱말 등을 말해 보도록 한다.

1. 시간: 때, 지금, 요즘, 동안에, 전에, 후에, 사이에, 부터, 까지, 마다, 처음에는, 다음에는, 드디어, 마침내.
2. 공간: 곳, 위, 아래, 속, 겉, 곁, 앞, 뒤, 북쪽, 왼쪽, 꼭대기, 가운데.
3. 원인: 면, 니까, 야, 거든, 왜냐하면, 때문에, 까닭에.
4. 결과: 그러므로, 그래서, 따라서.
5. 비교: 같은, 비슷한, 더, 덜.
6. 대조: 다른, 달리, 반대로, 한편.
7. 집단화: 나누어진다, 분류된다, 가지이다, 갈래이다, 구별된다.
8. 일반화: 보통, 모든, 각각, 언제나, 일반적으로, 전체적으로, 결코

위와 같은 낱말을 사용해서 단순문장을 만들어 보게 한다.

a. 해보기 전에는 쉽다고 생각했다.
   연애를 시작한 후로 그 여자는 명랑해졌다.

b. 책상 위에 컴퓨터가 있고, 그 옆에는 프린터가 놓여 있다.
   동대문에서 종로까지 가는 거리는 남대문에서 서대문까지 가는 거리와 대략 같다.

c. 아기가 밤새 우니까 아버지가 잠을 못 잔다.
   네가 그 일을 맡아 주어야 우리가 다른 일을 할 수 있겠다.

d. 그는 젊어서 열심히 일했다. 그러므로 늙어서 편안히 쉴 수 있게 되었다.
도시가 지나치게 팽창했다. 그래서 농촌이 침체되었다.

e. 기영이네 텔레비전 수상기는 순이네 텔레비전 수상기보다 더 잘 나온다.
학교와 신문은 대중을 교육한다는 점에서 유사하다.

f. 투기과 투자는 양립할 수 없다.
중소자본과 매판자본은 대중의 이익이란 관점에서 볼 때에 서로 반대이다.

g. 실학과 허학은 사실에 맞는가 안 맞는가에 따라 나누어진다.
현대시는 율격의 모습을 기준으로 정형시와 자유시와 산문시로 구별된다.

h. 모든 노동자들은 임금이 오르기를 바란다.
일반적으로 학생들은 휴강을 좋아한다.

다음에는 좀더 긴 글을 지어 보게 하고, 교사는 그 글을 반드시 수정해 준다.

ㄱ. 자기의 생활사(生活史)를 시간 순서로 적어 보라.
자기의 생활사를 역시간(逆時間) 순서로 적어 보라.

ㄴ. 자기가 사는 집의 위치를 약도 없이 글만 보고 찾아갈 수 있도록 상세히 적어 보라. (집 앞에 꽃집이 있다면, 다른 꽃집들과 대조되는 그 꽃집의 특성을 묘사해야 한다.)

ㄷ. 향가와 여요(麗謠)는 세 걸음(三步)인데 시조와 가사는 네 걸음이다.
세 걸음이 네 걸음으로 바뀐 시대적 원인을 찾아보라.

ㄹ. 대학생들이 우리나라 사람이 쓴 책보다 외국 사람이 지은 책을 더
많이 보고 있다는 사실은 뒤에 어떠한 사회적 결과를 초래할 것인가?

ㅁ. 자기가 지금 몸에 지니고 있는 물건을 모두 들어서, 비교하고 대조하
고 집단화해 보라.
　주체적 성격과 매판적(買辦的) 성격을 대조해 보라.

ㅂ. 팔레스타인 지역 아랍인의 상황을 일반화해 보라.
　중동에서 생활하면서 겪는 여자의 조건을 일반화해 보라.

이러한 사고의 훈련을 거치면서 학습자는 문장의 정확성이 어떤 것인가
를 체득하게 된다. 문장이 정확한가 그렇지 않은가 하는 문제는 그 문장을
생성한 인격의 값어치를 시험하는 수단이 될 수 있다는 사실을 알게 된다.
언어가 정직하다는 것은 사회적 의사소통의 필수조건이다. 문장의 수련은
곧 품행의 수련이 되는 것이다.

그러나 이상에 제시한 사고의 형식은 글 짓는 사람의 관점에 의해서 크
게 좌우된다는 사실을 주의해야 한다. 죠프리 리치는 그의 <의미론> 제4장
에서 1968년 8월 21일에 체코슬로바키아를 침공한 소련군의 전단을 인용하
고 있다.

　사회주의를 계속 충실하게 신봉해 온 체코슬로바키아당과 정부의 수뇌급 지
도자로부터 도움을 요청받고 이에 응하여, 우리는 체코의 노동계급과 전 인민을
지원함으로써 국내외 반동세력의 음모에 의하여 점진적으로 위협받고 있는 체코
사회주의의 이익을 방어하기 위하여 우리의 군대에게 출동하도록 지시하였다.

이 글의 내용은 동어반복의 연쇄이다. 사회주의는 좋다. 사회주의를 충실하게 신봉하는 것은 좋다. 사회주의를 충실하게 신봉해 온 체코의 당과 정부는 좋다. 사회주의를 신봉해 온 당과 정부의 수뇌급 지도자는 좋다. 사회주의를 신봉해 온 당과 정부의 수뇌급 지도자를 돕는 것은 좋다. 사회주의를 신봉해 온 당과 정부의 수뇌급 지도자의 요청에 응하는 것은 좋다.

결국 이 문장은 사실에 대한 지시가 아니라 감정을 표현한 내용이다. 좀 더 단출하게 요약하면 침략의 정당화에 불과하다. 사회주의의 이익은 좋다. 사회주의의 이익을 방어하는 것은 좋다. 사회주의의 이익을 위해 우리 군대가 출동하는 것은 좋다.

만일 여기서 '좋다'는 낱말을 모두 '나쁘다'란 낱말로 대치해 놓고 문장을 변형하면 전혀 다른 형태의 글이 될 수 있다. 사고와 문장의 훈련이 마지막으로 목표로 삼는 것은 학습자의 입장이 바른 시각을 갖추고 확립되는 데 있음을 강조하지 않을 수 없다.

3

실험하며 글을 쓰는 사람, 모색하고 질문하고 반성하면서 다각도에
서 대상에 접근하는 사람은 비평적 수필가이다.

　사고의 형식을 정확하게 훈련하는 과정을 거치지 않으면 바른 문장이 될
수 없을 것은 물론이다. 그러나 인간의 사고는 어디까지나 역사적 현실에
뿌리를 내리고 역사적 현실과 뒤얽혀 있는 것이기 때문에 형식적이고 추상
적인 훈련만으로 가지고는 살아 있는 생활을 분석할 수는 없다. 문장의 교
육은 학습자에게 형식적 사고를 훈련시키는 데서 한 걸음 더 나아가 역사
적 사고를 개발하는 데 도달하지 않으면 안 된다. 역사적 사고를 우리는 변
증법이라고 부른다.
　역사적 사고의 특징은 특수한 사건만이 아니라 일반적인 내용도 다루는
데 있다. 개인의 문제를 다룰 경우에도 개인을 넘어선 법률과 제도와 집단
과 계급 등을 통하여 사태를 규정한다. 어떠한 개인이 아무리 특유하다고
하더라도 인간이라는 종(種)에 속하기 때문에 특유한 것이고, 어떠한 동물
이 아무리 특수하다고 하더라도 동물이라는 종에 속하기 때문에 그 특수성
이 파악될 수 있는 것이라는 생각이다. 역사적 사고는 인간이라는 것, 동물
이라는 것이 그것들의 개별성에 앞선다고 보는 입장을 취한다. 일반자(一般
者)의 현실성을 부인하고 개인은 개인 이외에 아무것도 아니라고 본다면 현
존하는 사회질서보다 좀더 이성적인 사회질서로의 이행(移行) 과정을 상정
할 도리가 없다. 그러나 일반자는 특수자의 외부에 있는 것은 아니며, 특수
자의 내부에서 특수자를 통하여 자기를 실현시킨다고 보지 않으면 역사적
사고가 성립될 수 없다. 특수자와 분리된 일반자는 구체적인 내용을 잊어버
리고 추상적 관념의 유희에 떨어지게 되기 때문이다.

역사를 주제로 하는 사고가 변증법이라고 했지만, 변증법은 역사적 사고가 전개되는 토대로서 다소 까다로운 전제를 지니고 있다. 이 전제를 잠시 살펴보기로 하자. "장미는 식물이다"라는 문장에서 장미라는 사물은 우리가 대할 수 있는 특수한 존재로서 이것을 규정된 존재라는 의미에서 정재(定在)라고 한다. 대체로 문장의 주어가 될 수 있는 사물이라고 생각하면 된다. 그런데 '이다'라는 말도 어떠한 존재를 나타내지만, 정재와는 전혀 상이한 의미를 드러내고 있다. '이다'는 어떤 문장의 주어가 될 수 없는 순수한 존재를 가리킨다. '이다'는 모든 사물의 술어이다. 특수한 존재인 정재와 대조하여 순수한 존재를 그냥 존재라고 부른다. 존재는 모든 사물의 술어이므로 존재를 정의할 수 있는 술어는 없다. 존재를 정의하거나 규정할 수는 없다. 모든 사물은 존재하지만 존재는 어떤 사물이 아니다.

여기서 변증법의 전제가 지닌 가장 까다로운 문제가 제기된다. 존재가 어떤 사물도 아니라면, 어떤 사물이 아닌 것은 무(無)이기 때문에, 존재와 무는 동일하다. 존재가 무로 전화(轉化)하는 것이 아니라, 존재와 무는 동일하다. 모든 정재(定在)는 존재와 무를 함께 포함하고 있으며, 존재와 무의 공존(共存)을 보이지 않는 정재는 하나도 없다.

이러한 변증법의 기본 전제는 역사적 사고를 매우 깊은 데서 기초하는 토대가 되기는 하지만, 실제의 역사적 사고가 이러한 전제에 구애되는 것은 아니다. 우리는 있는 것에 대해서도 말할 수 있고 없는 것에 대해서도 말할 숭 있으나, 있음 자체와 없음 자체에 대해서는 말할 수 없다.

역사적 사고는 사물의 질(質)을 검토하는 데에서 출발한다. 정재는 규정된 존재(determinate being)라고 하였지만, 어떤 사물이 규정되어 있다는 말은 그것이 질로 다른 사물과 구별되어 있다는 뜻이다. 어떤 사물은 다른 성질들을 배제하고 그 사물이 소유하는 성질에 의하여 한정되어 있다. 책상은 일정한 빛깔과 재료와 크기와 용도로 다른 사물과 구별된다. 그 각각의 성질은 다른 성질들과의 관계 아래서만 그러한 성질로 한정된다. 그것이 책상이라는 것은 다른 사물과의 관계 아래서 규정되는 것이다. 이러

한 사태를 대자존재(對自存在)와 대타존재(對他存在)의 대립 또는 본성
(Bestimmung)과 상태(Beschaffenheit)의 대립이라고 한다. 본성은 어떤 것
이 스스로 가지는 규정성이고, 상태는 어떤 것이 타자(他者)와의 관계에서
지니는 규정성이다. 한 상태에서 다른 상태로 사물이 변화하는 것은(사물은
발생하고 소멸하는 한에 있어서만 존재하므로 존재함은 변화함이다) 대타존
재에 의해서가 아니라, 본래적인 자기인 대자존재에 적응하여 이루어진다.
이러한 변화의 과정에서 외적 상태가 사물의 본성 안에 통합된다. 현존하는
상태를 매개함으로써 질적 유동(質的 流動)을 지배할 수 있는 힘을 사물이
소유하고 있는 것이다. 예를 들어, 인간의 본성이 이성이라는 말은 인간의
현존상태가 이성적이 아니고, 인간의 현존상태를 이성적이도록 만드는 일이
인간의 과제이며, 그러한 과업이 완수되기까지는 인간은 대자존재라기보다
오히려 대타존재로서 현존한다는 사실을 의미한다. 인간의 상태와 인간의
본성이 서로 대립되어 있다는 의미이다.

사물은 자신의 한계 안에서 안주할 수 없고, 한계를 넘어 나아가려고 한
다. 현존하는 상태는 부정되지 않으면 안 된다. 사물은 다만 변화하기만 하
는 것이 아니라 소멸하는 것이다. 사물은 자기 안에 소멸의 맹아(萌芽)를
포함하고 있다. 사물은 소멸함이 없이 자기의 가능성을 전개할 수 없다. 사
물은 존재하는 한 유한하다. 그러나 유한한 사물이 소멸하고, 소멸하면서
다른 유한한 사물로 되는 과정은 무한하다. 사물의 소멸이 사물의 참다운
가능성을 완성시키는 방식이라면, 사물의 끊임없는 소멸은 유한성의 끊임없
는 부정이다. 다시 말하면, 무한자(無限者)는 유한자의 내적 동태(內的 動
態)이며 유한자가 자기 자신을 넘어서 나아가는 활동으로 존재하는 것이다.
무한성과 유한성은 서로 의존하고 있으며, 유한한 세계와 무한한 세계가 있
는 것이 아니라, 유한성과 무한성이 하나의 세계 안에 있다.

이렇게 볼 때에, 모든 외적 상태를 끊임없이 자기실현의 한 단계로 바꾸
고, 새로운 외적 상태를 다시 이러한 변화에 종속시키는 대자존재는 어떤
하나의 상태가 아니라 하나의 과정이며, 결국 역사적 인간을 가리키는 다른

이름임을 알 수 있다. 인간만이 의식적 행동으로 자기의 가능성을 실현할 수 있다. (역사적 사고는 앎의 대상이 앎을 떠나서 완결된 통일체로 존재한다고 보지 않는다. 그러므로 지금까지 사물이라고 한 것도 사실에 있어서는 자유로운 정신에 도달하기 이전에 있는 인간을 가리키는 것이다.)

역사적 사고는 단순한 양(量)의 영역을 경멸하고 무시한다. 양은 존재의 외적인 특성이며, 사물의 현실적 내용이 상실되는 영역이다. 수나 기호를 사용하여 내용 없는 형식을 다루는 수학은 현실의 과정을 취급할 수 없다. 겉보기만의 정확성을 꾀하여 수학적 엄밀성을 모방하려고 하면 사고는 즉시 진실하지 못한 것으로 타락한다. 측정되거나 산정되지 않고 수식으로 표현되지 않는다고 하여 엄밀한 인식이 될 수 없다는 견해는 실로 볼품없는 생각이다.

역사적 사고는 양이 질로 이행함을 중시해야 한다. 자연은 비약하지 않으므로 생성과 소멸의 과정이 한결같이 점진적이지만, 역사에서 존재의 변화는 점진성을 타파하여 선행(先行)의 존재 형태와 질적으로 다른 존재 형태로 변화하는 과정이다. 새로운 것은 낡은 것의 참다운 죽음이다. 새로운 상태가 출현함에는 비약이 있게 마련이며, 역사에는 평탄한 진보란 있을 수 없다. 그러나 새로운 것은 하늘에서 떨어질 리 없고, 어쨌든 낡은 것 안에 존재하고 있을 것이다. 사물에는 변화에 대하여 무관심한 채 본성을 보존하고 양에서만 변화하는 범위가 있다. 그러다가 양의 변화에 의하여 사물의 본성이 변화하는 한 점이 도래하는 것이다.

어떤 질(質)에서 다른 질로 이행한다든지, 질적인 것에서 양적인 것으로 진전한다든지, 그 반대라든지 하는 데 그치지 않고, 사물 안에는 영속하는 것도 있으니, 그것이 바로 그 사물의 본질이다. 현상과 본질이 일치하지 않는다는 인식은 역사적 사고의 시초이다. 현실의 현상적 과정으로부터 본질적 과정을 구별하는 능력이 변증법이다. 사물에 관하여 주어진 사실에 머물지 않고 그 사물을 비판적으로 평가하는 데까지 나아가야 한다.

　모든 규정이 사물의 대자존재에 모순되므로, 사물의 본질은 일체의 질적 또는 양적인 규정을 부정한다. 본질은 규정된 모든 제한을 부정하는 존재의 무한한 운동이다. 본질은 모든 정재(定在)의 부정이므로 정재를 지니지 않는다. 본질은 불변체(不變體)가 아니라 규정된 상태를 인식하고 모든 규정을 자기실현의 계기로 삼는 역동적 과정(dynamic self)이다. 본질은 원래부터 있는 것이 아니라 구체적인 발전의 산물이고 생성된 것(ein Gewordenes)이다.

　본질의 영역에서 정재는 실존이 되고, 다시 현실이 되는데, 실존이 자기를 주체적 통일성으로 구성해 나가는 과정을 반조(反照)라고 한다. 반조는 수동적 통일이 아니라 능동적 통일이며, 실존(Existenz)은 규정된 존재가 아니라 규정하는 존재이다. 반조(Reflektion)의 과정에서 모든 규정은 본질 자체에 의하여 정립되고 본질이 규정하는 능력 아래 존립하게 된다. 본질은 사물의 근거가 된다. 한마디로 해서 반조란 타자(他者)로 나아가서 타자를 자기에게로 통합하는 운동이다. 자기 자신에게로 돌아오는 운동, 즉 끊임없는 자기환귀(自己還歸)는 낯선 도시, 낯선 나라에서 오랜 수업시대를 보내고 돌아온 사람이 체험한 변화와 같다. 그 사람의 겉모습은 예전과 같지만 다른 사람들이 살고 있는 세상을 거쳐 돌아온 그의 눈은 달라져 있다.

　변화에도 불구하고 동일한 것을 본질이라고 한다. 동일성 역시 자기에게 고유한 모순과 싸워 자기 자신을 성과로서 전개하는 과정이며, 결코 불변의 기체(基體)가 아니다. 동일성은 대립과 차이를 포함하며 자기분화(自己分化)와 자기통일(自己統一)을 포함한다. 차별과 대립은 사물의 본질적 동일성의 일부이다. 사물의 동일성을 파악하려면, 사물이 자신의 대립자가 되고 그 위에 그 대립자를 부정하여 자기에게 합체시켜 나가는 과정을 재구성해야 한다. 모든 사물은 자기동일성에 비추어 대립과 차이를 드러내며, 대립과 차이에 비추어 자기와 동일하다는 점에서 자기모순의 상태에 있다. 동일성이란 모순에도 불구하고 자기를 인내할 수 있는 힘이지만, 반대로 모순은 모든 생명과 운동의 근원이며, 일체의 현실은 자기모순이다. 특히 운동은— 자기 운동뿐 아니라 외부 운동도—현존하는 모순 이외에 아무것도 아니다.

역사적 사고의 바탕은 사회현실의 모순적 성격을 인식하는 데 있다. 위기와 붕괴는 우연한 사실이 아니라 역사적 현재의 본성을 나타내는 것이며, 현존하는 사회조직의 본질을 이해하기 위해서는 위기와 붕괴를 일차적으로 포용해 들여야 하는 것이다.

역사적 사고는 현실의 현상 형태를 현실의 참다운 내용에 입각하여 부인하는 법정이다. 사실(事實)은 그것을 넘어서 아직 사실로 실현되어 있지 않은 것에 이르는 과정의 한 계기로서만 사실일 수 있다. 주어진 사실성(事實性)의 내용은 그 전체에서나 한 국면에서나 부적합성(不適合牲)에 둘러싸여 있기 때문에, 역사적으로 현존하는 형태는 자기 초월(self-transcendence)이며 자기 파괴이다. 현존하는 형태를 파괴하고 새로운 형태를 탄생하는 과정, 다시 말하면 주어진 사실성(Realität)의 질서가 소멸하고 다른 질서로 변화하는 과정은 낡은 사실성의 자기생성이다. 그 사실성이 자기 자신으로, 참다운 자기로 돌아가는 자기환귀(自己還歸)이다. 사실성은 그 본성에 자기 부정을 포함하고 있다.

부정되고 변형되어야 할 것으로 생각된 사실성이 바로 가능성이다. 낡은 형태 안에 현존하는 사태는 그 자체로서 참다운 것이 아니라 낡은 형태의 부정을 통하여 출현하는 새로운 사태의 조건이 됨으로써만 정당화된다. 사실성과 가능성의 투쟁은 현존하는 힘과 아직 현존하지 않는 힘의 대립이 아니라 공존하고 있는 두 적대적 사실성 사이의 대립이다. 가능성은 사실성의 참다운 해방이며, 사실적인 것의 내용 그 자체에서 파생될 수 있는 것만이 가능한 것이다. 사회조직의 내부에 현존하는 여러 관계가 비인간적일 경우에, 다른 방식의 실현가능성이 그 사회조직의 내부에 뿌리박고 있지 않다면, 비인간적인 관계는 가능한 관계로 대체될 수 없다. 현존하는 사회의 조직 형태에 대항하여 가능성이 그 참다운 내용을 나타내려면, 생산력의 명백한 풍부성, 물질적 욕구의 발달, 진보된 교양, 정치적 성숙 등의 조건들이 그 시대의 내부에 뚜렷이 현존하게 되어 있어야 한다. 새로운 것은 낡은 것의 해방된 진리이다.

　낡은 것 안에 통일되지 않은 채로 존재하던 여러 요소를 단순하고 적극적으로 통일함으로써 전개되는 것이 현실성(Wirklichkeit)이다. 현실성은 사실성과 가능성이 투쟁하는 포괄적 과정이며, 사실적인 것과 가능한 것의 통일이고, 오직 자기 자신으로만 돌아가는 자기환귀이다. 그런데 자기 자신의 가능성과 자기 세계의 가능성을 인식할 수 있는 역사적 인간만이 주어진 존재상태를 자유로운 자기실현의 조건으로 변경시킬 수 있기 때문에 참으로 현실적인 것은 자율적(自律的) 주체이다. 존재하는 것은 필연적으로 이러저러한 형태의 존재방식을 취해야 하는 것은 아니다. 그것은 다른 형태로 존재할 수도 있다. 외적인 힘에 의해서 규정되지 않고, 엄밀한 의미에서 자기 원인이요 자기 발전인 주체의 정신이 모든 변화를 지배함으로써 이러한 우연성은 현실의 필연적인 과정에 통합된다.

　역사적 사고는 주체 자신의 현실적 발전으로부터 모든 구체적 규정을 도출한다. 우리가 현실의 개념을 만드는 것이 아니라 우리는 다만 현실의 객관적 전개를 재생산하는 데 지나지 않는다. 단순한 현상으로서의 사실성을 지양하여 본질적인 내용으로 돌이키는 데에 역사적 사고가 감행하는 추상의 임무가 있다. 봉건 사회니 자본 사회니 하는 역사에서 추상된 개념은 추상적인 특징들의 고정된 총계가 아니라, 그것들이 자기 자신을 전개하고 해소시켜 나가는 과정을 포함하고 있는 개념이다. 역사적 사고에서 개념이라고 하는 것은 주체의 활동(subject's activity)이며, 항상 새롭게 쇄신되는 자아의 창조적 활동(creative acts of the ego that are ever renewed)이며, 파악한 결과(Begriff)가 아니라 파악하는 활동(Begreifen)이다.

　실천만이 개념을 파악할 수 있다. 공간적인 도식이나 대수적 부호에 의하여 역사적 개념을 고정시키려고 하는 시도는 무익하다. 개념은 수라든가 선이라든가 하는 죽은 물건이 아니고 산 활동성이기 때문이다. 긍정판단 또는 판단 일반과 같은 형식으로 진리를 조립한다는 것은 불가능하고 부조리한 일이다. 개념은 대립을 포함한 전체이다. 개념은 모순된 힘에 의해서만 전개되는 부정적 전체성을 구성한다. 세계는 흔히 말하는 것처럼 조화된 것이 아니다. 부정적 국면은 조화된 전체의 내적 교란이나 약점이 아니라 역사적 시대의 실질적 계기이며, 그 시대를 지배하는 원리의 자기실현이다.

역사적 개념은 하나의 객관적 총체를 나타내고 있다. 이러한 총체에서는 모든 특수한 계기가 전체를 지배하는 원리의 자기분화 작용으로 나타난다. 모든 특수한 계기는 그 본래의 내용으로서 전체를 포함하고 또 전체로 이해되지 않으면 안 된다. 어떠한 국면의 내용이나 기능은 전체에 속하는 다른 모든 특수한 계기와 내적 관계를 가지고 있기 때문에 전체의 변화에 따라서 변화한다. 특수한 계기를 고립시킨다든지 고정시킨다든지 하는 것은 불가능하다. 부자 관계까지도 사회 체계를 지배하고 있는 기본적 관계 구조에 의하여 구성되어 있다. 아버지의 권위는 가정에 의식주를 제공하는 사람이라는 사실에 근거를 두고 있으며, 자유 경쟁 사회의 이기적 본능이 그의 애정의 한 몫을 차지하고 있다. 성인들에게는 자기 아버지의 모습이 따라다니며, 그것이 그의 사회생활을 지배하는 각양각색의 권력에 대한 복종으로 인도한다. 가족 관계는 개인적인 내용을 넘어서서 총체적 사회관계에 이르게 되고, 사사로운 가족관계 자체가 사회적인 내용의 전개로 변형된다. 특수한 내용은 그 구체적 전개 과정에서 보편적 내용으로 바뀌는 것이다.

이러한 역사적 사고에 의하여 구성된 문장의 집합이 수필이라고 보는 아도르노의 견해가 있다. (*Nolen zur Liteatur I*, Frankfurt am Main: Suhrkamp Verlag, 1956, pp. 9~49) 이하에 그 내용을 요약해 보고자 하거니와, 전체와 조화를 강조하는 헤겔의 역사적 사고를 근대적 변증법이라고 한다면 부분과 균열을 강조하는 아도르노의 역사적 사고를 현대적 변증법이라고 할 수 있을 것이다.

전문화와 분업화가 추진됨에 의하여 현재 학문과 예술, 개념과 형상의 분리는 회복할 수 없는 것이 되었다. 그런데 그 어느 것에도 속하지 않으면서 학문과 예술의 중간 지대에 위치하는 문장 형식이 있으니 그것이 곧 수필이다. 수필은 학문적인 업적을 남기거나 예술적인 창조에 전념하는 대신에 남들이 해놓은 것에서 감격하는 어린애다운 여유를 드러낸다. 수필은 노동의 윤리를 따르지 않고 주관적인 감정과 상상의 자발성을 요청한다. 성급한 표현 충동의 유해성을 잘 알고 있는 수필가는 아담과 이브에서 시작하지 않고, 대상에 관하여 생각이 떠오르는 데에서 말하기 시작하여 스스로 그치고 싶은 곳에서 중단한다. 그리고 글이 끝났다고 하여 그곳에 더 이상 남는 것이 없다는 사태는 결코 있을 수 없음을 스스로 잘 깨닫고 있다. 받아들이고 즐기는 대신에 가르치려 하는 학문의 오류는 해석할 게 아무것도 없는 곳에서도 그릇된 지식으로 꼬치꼬치 캐는 현학적 철저주의에 있다.

수필은 본문(text)과 해석과 수필가 자신을 일치시킬 수 있는 상상력을 요구하며, 이 상상력으로 말미암아 수필은 미적 통일체에 닮게 되지만, 그것에는 어느 정도의 실증주의적 원칙이 요청되기 때문에 예술이라고는 할 수 없다. 어지러운 개념을 동반한 열거주의와 화석화된 명칭의 행렬로 장식된 순응주의가 수필에 대한 혐오로 표현되는 경우가 흔히 있지만 구체적인 생활을 조금만 반성해 보아도 과학의 그물에 담겨질 수 없는 체험이 허다하다는 사실을 이해할 수 있다. 완결될 수 없고 예상할 수 없는 생생한 인간의 체험은 과학의 그물을 새어나오는 인간과 사회의 구체적 연관들을 지시해 준다. 희망과 환멸 속에서 구성된 개개 인간의 체험은 프루스트의 소설에서 보듯이 심리학과 사회학이 분리되기 이전의 생동하는 직접성을 보여준다.

보편성을 내세우는 이론과 순수성을 앞세우는 예술은 결국 억압적 질서의 대리자가 되며, 객관성을 주장하는 체계와 완벽성을 내세우는 조직은 삶의 경험을 외면하는 기계의 옹호자가 된다. 언어의 형식과 미학적 차원의 의미와 유통되는 철학의 배경에 대하여 교과서처럼 고지식한 관념을 습득한 학자는 추상문구들의 방해로 체험의 형상을 이해할 수 없게 되며, 생동하는 현실을 파괴하게 된다. 과학을 위한 과학을 주장하는 과학주의가 인간의 생활에 깊이 침투하여 인간을 대상으로 한 온갖 규정은 매우 다양해졌지만, 인간의 생명은 그러한 규정들의 무게에 질식하고 있다. 모든 사람이 궁극적인 지점에 가까이 와 있다는 망상과 교만에 가득 차서, 인간에 대한 인간의 지배를 폐지하는 대신에 세련되게 하고 있다. 진보는 양적인 것이 되어 양에서 질로의 전환을 무한정 지연시키게 되었다.

빈틈없는 개념의 건축을 바라지 않고, 개념의 정의 자체를 거부하고, 원리에 어떤 것을 환원하는 일에서 벗어나 수필은 하찮은 것 속에 머무는 소크라테스의 반어적(反語的) 겸손을 보여준다. 마치 예지의 돌을 손에 넣어 전체를 마음대로 다룰 수 있다는 듯한 표정으로 단편적(斷片的)이니 우연적이니 하고 수필을 비난하는 자의 위선과 현학에 전혀 마음 쓰지 않은 채 수필은 변하는 것, 무상한 것, 하찮은 것 속에 머물러 그것들을 영원한 대상으로 다룬다. 무상한 것 속에서 영원한 것을 찾아내어 보존하려는 것이 아니라 오히려 무상한 것 자체를 영원한 것으로 만들고자 한다. "영원히 존재하며, 형성되지도, 소멸하지도 않으며, 변화하지도 감소하지도 않는 존재"라든지 "자기 자신을 위해 자기 자신의 힘으로 영원히 형성을 계속하는 존재"라는 표현을 받아쓰는 데서 수필은 슬그머니 비켜선다. 수필의 정신은 이단의 정신이다. 수필은 근원적 존재를 향하여 나 있는 국도(國道)에서 벗어나는 것이다. 수필적 사고는 논증적 사고보다 훨씬 깊이 있고 부드럽다. 사고의 깊이는 사실 속에 어느 정도로 침잠하는가에 따라 결정되는 것이지, 얼마나 잘 사실을 확고하고 의심할 여지없는 추론 결과로 환원시키는가에 따라 결정되는 것이 아니다. 수필의 쇄말주의(鎖末主義)는 보편적인 그물을 허용하면서 동시에 말오줌나무와 밤꾀꼬리의 단순한 현존을 강조한다.

수필은 매개되지 않은 피안을 고집하지 않으며, 사물의 내용 자체를 역사적인 것으로 추구한다. 하늘과 땅 사이에 매개되지 않은 것은 아무것도 없다. 직접적인 것을 직접적으로 파악하려 하면 직접적인 것이 소멸한다. 인간은 매개된 것을 통해서만 직접성의 이념에 신의를 지킬 수 있다. 문법을 배운 다음에 외국 책을 읽는 대신에 사전 없이 외국어 책을 읽으려는 사람과 수필은 흡사하다. 끊임없이 변화하는 문맥 속에서 동일한 낱말을 30번쯤

들여다보며 근근이 그 의미를 확인하는, 이러한 독법(讀法)이 지닌 직접성과 착오를 수필은 그대로 지니고 있다.

확실성을 숭배하지도 경멸하지도 않으면서 복합적이고 경이적인 현실의 전체성으로 육박하는 수필은 논리 체계가 대립을 포함한 전체로서의 현실에 어긋나기 때문에 개념의 질서에 굴복하지 않고 개념의 상호작용을 그대로 방치하여 포용한다. 정의를 거쳐야 개념이 분명하게 되리라는 생각은 과학의 미신이다. 음악에서 보이는 요소들의 기능 교환과 유사하게 수필은 눈에 띄지 않게 대조를 이루는 요소들을 연합시키고 구성요소들을 직선의 논리에 종속시키는 대신에 음악의 논리를 따라 병렬시키며, 엄밀하면서도 포착할 수 없는 개념의 추이과정을 제시한다. 수필은 방법론적이면서 동시에 비방법론적이다.

수학적 사고의 초석을 놓은 데카르트는 네 가지 사고의 원리를 제시하였다. 첫째, 기성학자가 말한 것은 전부 틀린 것이라고 의심하고 시작한다. 둘째, 검토하는 문제를 가능한 한 작은 부분으로 나누어서 생각한다. 셋째, 서로 전후 맥락이 없는 사물들 사이에 질서를 가정하면서 가장 간단하고 인식하기 쉬운 것에서부터 시작해서 조금씩 단계적으로 복잡한 것까지 질서 있게 인식해 나아간다. 넷째, 마지막으로 전반에 걸쳐서 무엇인가 빠뜨린 것이 없었는지 확인하여 광범위하게 재검토하고 완전한 전후계열을 이룩한다.

수필은 본질적으로 데카르트주의에 반대하며, 보물을 찾아 헤매는 자의 강박관념을 포기한다. 수필은 자기 속에 숨어 있는 어떤 것을 향하며, 자기를 자기 이상으로 고양하는 과정 속에 나타난다. 첫째, 수필은 명석하고 판명한 인식을 요청하지 않으며, 일관성과 완전성에 대한 요구까지도 취소하려는 욕구가 수필 속에 잠재되어 있다. 최초의 것을 요구하는 공리주의와 참조의 틀(frame of reference) 자체를 거부하는 것이다. 둘째, 수필은 분석을 요구하지 않고 총체성을 가정하지 않으며 낭만주의적 단상(Fragment)처럼 부분적인 것을 강조한다. 언제나 '지금 여기'에 가깝게 접근하며, 전체성의 빛깔을 띠기는 하나 전체성을 현재적인 것으로 주장하지 않는다. 전체성이란 파악할 수 없는 것이다. 셋째, 수필은 단순한 것에서 출발하지 않고 복합적이고 일상적인 것에서 출발한다. 첫걸음부터 사실들이 존재하는 그대로 다각적 관점을 보유하는 것이다. 과학이 단순한 모델로 나아가는 데 반해서 수필은 논리적이고 단순한 것을 떨쳐낸다. 수필은 다루기 어려운 것과 놀라운 것에 곧장 덤벼드는 대학생의 순진성을 닮았다. 넷째, 누락 없음은 수필에 불필요하다. 인식자의 의향에 의해 결정되는 무한한 시각의 범위가 개방되어 있는 것이다. 수필은 일반적 개괄을 천박하게 생각하고 현실의 균열을 매끄럽게 가리는 거짓 체계를 오류로 단정한다. 수필은 균열 속에서 생각하며, 균열의 틈을 통하여 부재하는 통일을 발견한다.

관점들을 좋아하지 않았던 헤겔에 동의하여 여러 가지 경험과 개념과 이론들을 흡수하지만, 수필은 언제나 무관점(無觀點)이다. 수필은 관점철학에 대항하는 정신의 비판적 범주이다. 불확실한 것에 대항하여 정신을 변호해야 한다는 생각은 수필의 적이다.

실험하며 글을 쓰는 사람, 대상을 여기저기 조사하고 물어보고 모색하고 시험하고 매순간 철저히 자기 자신을 반성해 보는 사람, 다각도에서 대상에 몰두하며 자기가 본 것을 마음의 눈에 집중시키는 사람, 글을 쓰면서 생겨난 여러 조건이 제시하는 새로운 내용을 그때그때 음미하고 이용하는 사람이 수필가이다. 수필의 정신은 질문하고 모색하고 반성하며 나아가는 개방된 정신이므로 수필의 본질은 새로움에 있다. 옛것으로 번역될 수 없는 공간에 대상이 들어오는 것이다. 직선적 논리를 배척하고, 모순과 대립의 관점까지 포괄하여 다각적 해석의 가능성을 언제나 보유한다는 의미에서 수필은 변증법보다도 더 변증법적이다.

수필은 대상을 무리 없이 반성하면서 행복을 노출하며, 행복과 함께 자신을 노출하도록 호소한다. 수필의 이념은 행복에 있다. 그러나 깊이 대상에 가라앉아 수필가가 만나는 것은 자기 시대에 내재하는 허위와 모순이다. 모든 것에 마술을 걸고 있는 거짓된 자기의 사회와 만나는 것이다. 그는 있을 것이 없고 없을 것이 있는 현실을 회피할 수 없다. 사고의 쾌락원칙을 따라 가던 수필은 모든 논리와 모든 언어가 이지러진 전체의 일부를 이루면서 허위로 전락한 현실을 부정하려는 투쟁이 된다. 현실을 긍정하고 정당화하는 모든 공식에 대항하여 수필은 언제나 새롭게 부정의 이름으로 행복을 표명하는 것이다.

4

좋은 글에는 부분과 전체가 영조(映照)하여 이루는 결이 있다는 생
각이 원효가 설정한 문장론의 핵심이다.

논리적 사고와 역사적 사고를 훈련하는 데에서 문장 교육의 임무가 종결
될 수 없음은 물론이다. 문장 교육의 목표는 한 편의 문장을 학습자 스스로
지어낼 수 있게 하는 데 있다. 그러나 실제로 문장을 짓는 단계에 들어가기
에 앞서 문장에 대한 고심(苦心)이 우리나라의 경우에 얼마나 오랜 역사를
지니고 있는가를 더듬어 보는 것이 학습자에게 도움이 될 듯하다.
예나 이제나 책을 지은 사람은 책머리에 머리말을 붙이는데, 대부분의 경
우 그 머리말에는 책의 내용을 이해하는 데 길잡이가 될 만한 종요로운 뜻
을 기록한다. 원효(元曉 617~686)가 지은 머리말에는 거기에 더하여 훌륭
한 문장의 조건에 대하여 언급한 내용이 적지 않게 포함되어 있다. 원효가
지은 머리말만을 추려서 검토해 보고자 하는 이유가 여기에 있다.
원효는 법화경종요서(法華經宗要序)·열반경종요서(涅槃經宗要序)·진역
화엄경소서(晋譯華嚴經疏序)·금강삼매경론서(金剛三昧經論序)·본업경소
서(本業經疏序)·해심밀경소서(解深密經疏序) 등 여섯 편의 머리말을 남기
었다. 머리말의 내용은 대개 두 부분으로 나누어져 있으니, 하나는 불교의
진리에 대하여 언급한 부분이고 다른 하나는 원문의 문장 성격에 대해 언
급한 부분이다. 원효는 스스로 대상삼아 고구(考究)한 원문이 한결같이 좋
은 생각을 훌륭하게 표현한 글이라고 서술하고 있다.
그의 머리말을 자세하게 살펴보면, 주석한 소(疏) 자체에서는 얻어 보기
어려울 만큼 소탈하게 드러나 있는 원효사상의 어떤 면을 짐작할 수 있게
된다. 또 그의 머리말들이 불교의 진리와 문장의 성격에 대하여 술회하고

있으므로, 우리는 머리말들을 통하여 원효의 불교관과 문장론을 엿볼 수 있게 된다. 다시 말하면, 진리란 무엇이며 좋은 글이란 무엇인가 하는 물음에 대한 해명을 찾을 수 있다는 것이다.

불교에 관하여 지은 글에는 잘 모르는 사람이 보면 말장난처럼 들리는 표현이 흔히 나타난다. 나는 다소의 위험을 무릅쓰고, 그러한 표현을 모두 일상 언어의 의미로 변형하여 해석해 보려고 하였다. 불교의 연구에서는 특히 희론(戱論)에 떨어짐을 경계해야 하기 때문이다. 대본은 1973년에 불교 동호인회에서 편찬하여 발행한 「원효전집」을 사용하였는데, 이하의 인용에는 면수만 표시하겠다.

모든 머리말에서 원효가 되풀이하여 강조하는 내용은 부처님의 가르치심이 완전한 진리라는 믿음이다. 불교는 모든 사람을 다 거두어 보살필 수 있을 정도로 넓고, 모든 사람이 믿고 따라가야 할 정도로 견고하다.

> 체(體)는 두루 포함하여 밖이 없고, 용(用)은 골고루 미치어서 정(情)이 있으며, 널리 감싸주고 멀리 건져주는 것이 이보다 앞서는 것이 없고, 의지하는 것은 이보다 앞설 것이 없다. <33면; 열반경 종요서>

불교가 마음놓고 의지해도 무방한 진리라는 생각은 신자로서는 당연한 것이겠지만, 이러한 생각만으로는 증명이 결여된 단언에 불과하여 설득력이 없다. 넓고 따뜻한 불교의 구체적인 모습을 드러내지 않으면 안 된다. 모든 사람이 불교를 완전한 진리로 믿을 필요는 없다고 하여도, 불교를 믿는 사람은 불교의 진리를 구체적인 모습으로 머릿속에 그림을 그려 지니고 있지 않으면 안 된다. 열반경 종요서는 다음과 같이 계속된다.

> 대체(大體)와 대용(大用)은 무이(無二)요, 무별(無別)이니, 이미 저 언덕에 도착할 것이 없는데 어찌 이 언덕을 떠날 것이 있으리요. 떠날 것이 없는 고로

떠나지 않을 것도 없나니 이에 대멸(大滅)이 되고, 도착할 것이 없는 고로 도
착하지 않을 것도 없나니 바야흐로 대도(大度)가 된다. <33면>

춤추는 사람과 춤을 분리할 수 없듯이, 체와 용을 가를 수 없음은 당연
하다. 본체와 작용은 대립하여 전개되는 것이 아니라 대대(待對)하여 일종
의 상보성(相補性)을 드러내며 상호작용하고 있다. 이 인용문에서 쉽게 잡
히지 않는 문장은, 떠남이 없고 떠나지 않음도 없으며, 도착함이 없고 도착
하지 않음도 없다는 말이다. 이러한 형식의 문장은 원효의 머리말 가운데
숱하게 나타난다. 「진역화엄경소서」에는 "저 문에 숙이고 들어가는 자는 곧
들어가는 바가 없으면서도 들어가지 못하는 바도 없으며, 이 덕을 수행하는
자는 곧 얻는 바가 없으면서도 얻지 못하는 것도 없다"(75면)고 하여 들어
감과 들어가지 않음, 얻음과 얻지 않음을 동시에 부정하는 문장이 있다. 경
험 세계의 논리로는 당황하지 아니할 수 없는 언어를 사용하여 획득하는
효과는 어떠한 것인가? 경험 세계에서 사용하는 언어는 "A는 B이다"나 "A
는 B가 아니다"라는 형식을 취한다. 그런데 원효가 사용하는 문장의 형식
은 "A는 非A가 아니면서 非A이며, 非A는 A가 아니면서 동시에 A이다"라
는 순서로 전개된다. 하나의 술어가 A와 非A라는 정항(定項)을 지닐 때,
그 문장의 부정변형은 사실상 무한히 전개될 수 있다. 일정 수의 부정변형
과 연결변형을 적용하여 모순의 뜻을 표현하는 문장을 만들기도 손쉬운 일
이다. 그러한 형식이 아니면 나타낼 수 없는 심층의미가 없으면, 문장은 즉
시 말장난이 된다. 부정변형과 연결변형이 가장 현란하게 적용된 대목은 유
명한 「금강삼매경론」의 서(序)이니, 그것을 대상으로 하여 원효가 표적으로
삼고 노리는 의미와 효과를 살펴보기로 한다.

대개 일심(一心)의 근원은 유와 무를 떠나서 홀로 조촐하고, 삼공(三空)의
바다는 진(眞)과 속(俗)을 융화하여 맑으니, 맑아서 둘을 융화해도 하나가 아
니요, 홀로 조촐하여 변(邊)을 떠났으나 중(中)이 아니다. 중이 아니면서 변을

떠나는 고로 법을 지니지 않으나 곧 무에 주착하지 않고, 상(相)이 없지 않으나 곧 유에 주착하지 않으며, 하나가 아니면서 둘을 융화하는 고로 진이 아닌 일도 비로소 속이 되지 않고, 속이 아닌 이(理)도 비로소 진이 되지 않는 것이며, 둘을 융화하되 하나가 아닌 고로 진·속의 성(性)이 존립하지 않은 바 없고, 염·정(染·淨)의 상(相)이 갖추어지지 않은 것이 없으며, 변을 떠나되 중이 아닌 고로 유·무의 법이 마련되지 않은 바 없고, 시·비(是·非)의 의(義)가 통하지 않음이 없다. 이야말로 파괴됨도 없고, 파괴되지 않음도 없으며, 존립함도 없고, 존립하지 않음도 없으니, 가히 이치 없는 지극한 이치요, 그렇지 않으면서 참으로 그런 것이라 하겠다. <81면>

이처럼 긴 다중문장에 나타나는 정항들은 유·무, 진·속, 이·일(二·一), 변·중, 법·상, 사·리, 염·정, 성·의 등이며, 술어는 '떠나다', '조촐하다', '융화하다', '밝다', '아니다', '지니다', '주착하다', '되다', '존립하다', '갖추다', '마련되다', '통하다', '파괴되다' 등이다. 정항들과 술어들이 부정변형과 연결변형으로 결합하여 "이치가 없으면서 지극한 이치가 있으며, 그렇지 아니하면서 참으로 그러하다"는 의미를 구성하고 있다.

이 대목에서 가장 중요한 낱말은 '일심의 근원'이다. 언뜻 보아 비논리요 반논리라고 생각되는 표현은 바로 일심의 근원을 그림 그리기 위하여 고안된 장치였던 것이다. 객관세계를 지시하는 대상의 언어에서는 논리가 배제될 수 없다. 대상의 언어는 모든 것을 객관화하게 마련이니, 사물뿐 아니라 인간 자신까지도 객체화하여 진술한다. 20세기에 발달된 심리학과 경제학을 보면 인간을 객체로 파악하는 방법의 주도함을 알 수 있다. 통계학과 확률론으로 밝혀진 사실들은 인간의 자유란 개념을 의심스럽게 만들어 놓았고, 인간에게 선택의 가능성이 과연 있는 것인지를 판정하기 어렵게 하고 있다. 자기의식의 과정에서는 이러한 객관화가 무한히 진행된다. 어떤 사람이 자기 자신을 객관적으로 파악하려고 할 경우에 파악되는 대상으로서의 자기와 파악하는 주체로서의 자기가 대립되며, 파악하는 주체로서의 자기를 다시 대상화한다 하더라도, 그것을 파악하는 주체로서의 자기는 다시 대립적으로 존립하게 되는 것이다. 원효는 이러한 객관화의 과정을 따라가면서 하나씩 하나씩 그것에 주체성이 결여되었음을 지적하여 부정하고, 참된 주체의 세계인 일심의 근원을 형상화하려는 주체의 언어를 사용하고 있는 것이다.

대상화된 세계에는 자유가 없다. 인과 필연의 결정론이 지배하는 객체의 관계 구조에는 미래도 또한 없다. 자유와 미래는 결단과 혁명을 의미하기 때문이다. 주체의 본질인 자유와 미래를 표현하기 위하여 원효가 비논리와 반논리를 매우 논리적으로 사용하고 있다는 사실은 여러 곳에서 증명할 수 있다. 「판비량론(判比量論)」이라는 논리학 책을 지은 원효로서 논리를 외면함은 있을 수 없는 일이었으니, 결국 그의 진술은 논리를 통한 반논리(反論理)에 다름 아니며, 가장 적절하게 주체의 언어를 개발한 것이다.

「해심밀경소서」에서 원효는 주체적 생활을 규정하여 "속박을 벗어나서 일미(一味)를 한가지로 하며……미래를 궁구하여 더욱 새롭게 하는 삶"(175면)이라고 하였다. 대상 사물에 대한 분별과 집착을 파괴하고 주체의 자유를 한결같이 확보함으로써 순간순간 새롭게 나아가는 생활이 주체적 생활이라는 의미이다. 아마도 일미란 주체의 창조적 자유가 실현되어 다양한 대상 사물이 통일성을 얻은 상태를 가리킬 터이며, 자유는 곧 빛난 미래를 건설하는 생산성과 통한다는 뜻을 함축하고 있으리라. 불교의 핵심은 욕망과 고뇌의 변증법에 있다. 수학에서는 어떤 수(x)들의 변함에 따라서 변하는 다른 수(y)를 가리켜 먼저 수를 다른 수의 함수(函數)라고 하는데, 연기론의 정식도 그와 동일하게 표현된다. x를 욕망이라 하고 y를 고뇌라 하면, 욕망으로 말미암아 고뇌가 일어난다는 의존적 발생의 이론이 된다. 대부분의 큰 종교에 있어서 통념적인 윤리는 높은 위치를 차지하지 못한다. 바리새인에 대한 예수의 비판이나 도덕을 먹고 사는 벌레를 공격한 베르나노스의 말은 어떤 의미에서 종교의 본질을 지적한 것이라고 볼 수 있다. 그러나 욕망과 고뇌의 변증법을 사실에 입각해서 다루는 경우에도 그 앞면과 뒷면을 함께 고려해야 한다. 수학에서 수의 치(値)가 없는 것을 영이라고 하여, 어떤 수든 영을 곱하면 영이 된다고 규정하고 있는 바와 같이, 불교의 근본 개념인

공(空)은 욕망을 무화(無化)하고 고뇌를 무화하며, 더 나아가 욕망과 고뇌의 변증법 자체를 무화하는 동력인(動力人)이다. 그렇기 때문에 공은 현실의 어느 국면에서나 비판적으로 작용하게 된다. 공에 입각한 자유로운 생활, 창조적인 생활에 대한 구체적 이미지를 「본업경소서」에서 읽을 수 있다.

> 대개 이제(二諦) 중도는 곧 건널 만한 나루가 없고 중현(重玄) 법문은 더욱 들어갈 만한 문이 없다. 갈 만한 길이 없는 고로 유심으로써 행할 수 없고, 들어갈 문이라 할 만한 것이 없는 고로 유행(有行)으로써 들어갈 수 없는 것이다. 그러나 큰 바다에 나루가 없으나 노를 저어 능히 건너고, 허공에 사다리가 없으나 날개를 퍼덕거리면 높이 오르니, 이는 도라 할 것 없는 그 도가 바로 도가 아님이 없는 고로 일마다 현(玄)에 들어가는 문이 되고, 도가 아님이 없는 고로 곳곳이 모두 근원으로 돌아가는 길이 된다. 근원으로 돌아가는 길이 매우 평탄하나 능히 행하는 사람이 없고, 현으로 들어가는 문이 태연하나 능히 들어가는 사람이 없으니, 진실로 세간의 학자가 유에 집착하고 무에 고체(固滯)한 까닭이다. 유상(右相)에 집착한 자는 기다림이 있는 위태한 몸을 가지고 한이 없는 법상(法相)을 자주자주 재촉하여 그침이 없고, 명예를 좇아서 길이 흐른다. 공무(空無)에 고체한 자는 무지한 어둔 생각을 믿고 깨우쳐 나갈 교문을 등지며, 몽롱하게 취하여 깨우침이 없고 머리를 흔들며 배우지 아니한다. <131면>

「본업경소서」에서 우리는 원효사상의 핵심을 간파할 수 있다. 완전한 진리를 깨닫는 일, 일심의 근원으로 돌아가는 길을 원효는 고원한 것으로 보지 아니하였다. 그것은 일상의 평이하고 명백한 생활 가운데서 수행되는 일이며, 매우 평탄하고 아무렇지도 아니하게 그냥 그대로 있는 길이다. 일상의 생활과 완전한 진리를 분리하는 태도를 원효는 가장 큰 잘못이라고 보았다. 이 큰 잘못에서 유상에 집착하는 사람과 공무에 고체하는 사람이 나타나게 된다. 유상에 집착하는 사람은 유한한 목숨을 가지고 무한한 진리를 소유하려고 하는 사람이다. 진리를 지식으로 소유하려는 사람은 결국 진리를 사물화하고 있는 것이며, 대상의 언어에 사로잡혀 주체의 언어를 몰각하고 있는 것이다. 돈으로 상품을 사 모으듯이 지식을 축적하는 태도로써는 진리에 도달할 수 없다. 반대로 공무에 고체하여 일체의 지식을 외면하는 사람은 심신이 사그라지고 까라져서 융통성을 잃고 적극적인 활동을 할 수 없는 정신상태가 된다. 타성에 안주하여 스스로 속이며 남을 속이게 되는 것이다.

두 가지 그릇된 태도를 척결한 삶의 모습을 원효는 시적 이미지로 제시한다. 바로 허공과 같고 바다와 같은 생활이다. 객관화된 대상 사물에서 회피하여 달아나는 것이 아니라, 대상의 언어를 뚫고 넘어서서 다시 나아가는 생활이며, 막힘없고 걸림 없이 사물을 지배하되 사물에 지배받지 아니하는 생활이다. 시적 이미지는 주체적 언어의 정수이므로 대상의 언어를 피하다 보면 시적 이미지에 이르지 않을 수 없었을 것이다.

원효가 지은 머리말들 가운데는 반드시 경론 본문의 문장에 대하여 언급하는 부분이 있다. 이 글은 이러이러하므로 잘 지은 글이라는 식의 표현인데, 이러한 부분들을 통하여 수칙(數則)의 문장론을 얽을 수 있다. 원효는 글짓기를 매우 중요하게 여겨서 "오직 한결같이 부처를 섬기어 지견 (知見)·개시(開示)·오입(悟入)으로 위도 없고 다름도 없음을 알게 하고 증거하게 하는 일"(23면, 법화경종요서)이라고 하였다. 글은 반드시 주제가 뚜렷하여야 할 것이니 할 말이 없을 때에 하는 말보다 더욱 그릇된 것은 없다. 글은 반드시 아니 지을 수 없어서 지은 것이라야 한다. 그러나 원효는 글을 짓지 아니하는 태도도 역시 비판하였다.

> 이 도를 입중한 자는 더욱 고요하고 더욱 떠드나니 더욱 떠드는 고로 널리 팔음(八音)을 울리어 허공을 두루 돌아 쉬지 않고, 더욱 고요한 고로 멀리 십상(十相)을 떠나서 진제(眞際)와 함께 담담하다. <31면, 열반경종요서>

고요한 마음이 없이 지은 글은 한갓 분별과 망상에 집착하여 참된 글이 되지 아니하며, 떠듦이 없으면 자리(自利)와 독선에 구애되어 문화를 이룩하지 못한다. 지식에 거리끼면 안 되지만, 지식을 외면하고 좋은 글을 지을 수 없음은 물론이다. 원효는 넓고 깊은 깨달음과 지식이 함께 좋은 글의 조건이 된다고 생각하였다.

> 이 경은 바로 불법의 대해(大海)요, 방등(方等)의 비장(秘藏)이니, 그 교(敎)가 된 것을 측량하기가 어렵다. 진실로 막연하여 치우침이 없고, 너무 깊어서 밑바닥이 보이지 않는다. 밑바닥이 보이지 않는 고로 다하지 아니한 바 없고, 치우침이 없는 고로 해박하지 아니한 바 없으며, 중전(衆典)의 부분을 통섭하고 만류(萬流)를 일미로 귀착시키며, 부처의 지극히 공평한 뜻을 개발하고 백가(百家)의 이론(異論)을 화동(和同)하여, 드디어 허덕이는 사생(四生)으로 하여금 모두 무이(無二)의 실성(實性)에 돌아오게 하고, 깜깜한 긴 꿈과 더불어 대각(大覺)의 극과(極果)에 도달하게 하였다. <31에서 32면, 열반경종요서>

뭇 경전과 다른 이론에 대하여 넓고 깊게 살피지 않으면 안 되나 그것만으로 좋은 글이 되는 것은 아니다. 부처님의 공변된 뜻에 일미(一味)로 귀환하여 허공과 바다에 상응하는 삶을 드러내지 않으면 안 된다. 두루 미치고 바닥없이 깊으며, 오로지 공변된 문장은 글을 지으려는 모든 사람이 목표로 삼아야 할 극한치가 아닐 수 없다.

원효가 언급한 구체적인 문장론의 전개를 네 가지 항목으로 가를 수 있다.

첫째, 글에는 반드시 단계가 있어야 한다는 것이다. 「본업경소서」에는 "글과 이치가 모두 알뜰하며 뜻은 지극히 묘하면서 사연은 은미하고, 글월은 매우 개괄적이면서 말은 자상하여 행(行)은 계단계단으로 덕을 갖추고, 일은 많으나 이치는 지극하며, 인과의 원류(源流)를 궁극하고 범성(凡聖)의 시종을 추구하며, 천 가닥의 삼라(森羅)함을 비치고 일미가 널리 통함을 밝혔다"(132면)는 대목이 있다. '알뜰하다', '묘하다', '개괄적이다', '자상하다',

'지극하다', '궁극하다', '추구하다', '밝히다' 등의 일반적이고 뜻이 다소 모호한 낱말들을 제외하고 나면, '계단계단'이란 말이 남는다. 정곡을 개괄하되, 원류와 시종(始終)을 추구하려면, 나아가 덕을 닦는 계단을 마련하지 않을 수 없으니 이것이 곧 글의 단락과 대문이 된다. 시적 이미지로 표현할 수밖에 없는 내용을 두고 단락과 대문을 갖추어 완결된 형식으로 형상화함은 기실에서 모든 글의 본질이다. 의미의 세계란 언제나 열려 있는 것이며, 폐쇄되기를 거부하는 것이기 때문이다.

둘째, 가식을 버리고 본질을 취해야 한다는 것이다. 「해심밀경소서」에서 원효는 "번화로움을 버리고 실상을 기록하며 요묘(要妙)를 걷어잡아 갖추어 늘어놓고 유무의 법상을 계시하여 승의(勝義)의 이변(離邊)을 보이고, 지관(止觀)의 본말을 밝히며, 입파(立破)의 사진(似眞)을 분간한다"(175면)고 하였다. 글에서 번화로운 꾸밈을 나쁘게 여기고 실상의 기록을 중시하는 태도인데, 실상을 기록하려면 글의 핵심을 분명히 하고 본말을 밝히며, 사이비한 것과 참된 것을 구별해야 한다.

셋째, 정상과 반상(反常)을 아우르는 것이다. 원효는 정상을 실(實)이라고 하고 반상을 권(權)이라고 하는데, 맹자 이루장(離婁章)의 "남녀가 서로 손수 주고받지 않는 것이 예요, 형수가 물에 빠졌을 때 그를 손으로 구원하는 것은 권이다"에서 보듯이 권이란 반상의 뜻이다. 「법화경종요서」에는 "글월이 공교하고 뜻이 깊어 묘(妙)의 극치가 아닌 것이 없고, 사연은 해창(該暢)하고 이치는 통태(通泰)하여 법이 선포되지 않는 것이 없다. 문사(文辭)가 공교하고 해창하므로 화려한 가운데 실이 포함되고, 의리가 깊고 툭 트였으므로 실한 가운데 권을 띠었으며, 의리가 깊고 큰 것은 둘도 없고 분별도 없는 것이요, 문사가 공교하고 자세한 것은 권을 열고 실을 보여준 것이다."(23면)라는 대목이 있다. 공교하고 해창하며, 심오하고 툭 트인 글은 다만 느낌으로만 붙잡을 수 있는 것이지만, 훌륭한 글에는 정상과 반상, 정규

병과 유격병이 포함되어 있다는 진술은 글을 짓는 데 참고할 만한 내용이다.

넷째, 글의 부분과 글의 전체는 서로 영조(映照)하여 치밀한 결을 이루어야 된다는 것이다. 원효는 저 「화엄경」의 일(一) 가운데 일체요 다(多) 가운데 일이며 일이 곧 일체요 다가 곧 일이라는 문장을 지적하였다.

> 본래 무장(無障)·무애(無碍)·법계(法界)·법문(法門)이란 것은 법이 없으면서도 법이 아닌 것이 없고, 문이 아니면서도 문이 아닌 것이 없다. 이것이 바로 크지도 않고 작지도 않으며, 단축(短促)하지도 않고 넘치지도 않으며, 움직이지도 않고 고요하지도 않으며, 하나도 아니고 많지도 않은 것이다. 크지 않기 때문에 극미(極微)를 만들어 남겨 줌이 없고, 작지 않기 때문에 태허(太虛)가 되어도 남음이 있으며, 단축하지 않기 때문에 능히 삼세(三世)의 겁파(劫波)를 포함하고, 넘치지 않기 때문에 전체를 들어 일찰(一刹)에 들어가며, 움직이지도 않고 고요하지도 않기 때문에 생사가 열반이 되고, 열반이 생사가 되며, 하나도 아니고 많지도 않기 때문에 한 법이 바로 일체의 법이요 일체의 법이 바로 한 법이니, 이와 같은 무장·무애의 법이 곧 법계·법문의 술(術)이 된다. <73면, 진역화엄경소서>

부정문장이 다중으로 연결되는 이 단락에서 핵심이 되는 것은 "한 법이 바로 일체의 법이요, 일체의 법이 바로 한 법"이란 문장이다. 부분에는 반드시 전체가 함축되어 있으며, 전체와 부분은 서로 영조하여 하나의 열린 체계를 구성한다는 말은 부분의 독자성과 부분들의 전체적 상호작용을 의미하는 것이다. 좋은 글의 모습도 이것과 다름이 없다. 글의 전체구조와 세부구조가 상호 작용과 상호 함축을 통하여 이루어내는 개방적 질서는 좋은 글의 필수 조건이다.

원효가 지은 머리말들을 통하여 원효의 사상과 문장론을 살펴보았다.

원효는 바다와 같으며 허공과 같은 생활을 온전히 참된 삶이라고 생각하였다. 이 세상 안에서 이 세상을 뛰어넘는 이러한 삶의 모습을 드러내기 위하여 원효는 "A는 B이다" 또는 "A는 B가 아니다"로 표현되는 대상의 언어를 부정하고, "A는 非A가 아니면서 非A이며, 非A는 A가 아니면서 A이다"라는 문장으로 표현되는 주체의 언어를 마련하였다.

　원효의 문장론은 네 가지 조건을 지니고 있다. 글에는 단계가 있어야 하고, 글은 가식을 버리고 실질을 취해야 하고, 글을 짓는 데는 정상과 반상이 다 요구되며, 좋은 글에는 부분과 전체가 영조하여 이루는 결이 있다.

5

인간의 바탕이 되는 곱고 바른 마음을 확인하며, 사람으로서 사람
노릇하는 길을 찾는 일이 문장의 근본이다.

　문장 교육의 마지막 단계는 실제 작문이다. 글을 짓는 사람이 마음에 지녀야 할 격언은 "내가 지은 글이 곧 나"라는 말이다. 마구 흐트러진 글을 써 놓고 나서, 나는 글은 못 쓰지만 머리는 똑똑하다고 생각하는 사람들이 있다. 그러나 어떠한 사람에 대한 평가는 그 사람의 느낌과 생각과 행동을 어림잡아 내리는 것인데, 좋은 느낌과 생각은 반드시 좋은 글을 이룩하게 마련이다. 글을 지으려고 애써 공들이는 일은 저 자신을 가꾸고 염려함 이외에 다른 것이 아니다. 세상에 자신을 업신여기는 사람이 없는 데도, 그릇되고 어지러운 글이 많이 보임은 참으로 야릇한 현상이라고 아니할 수 없다.

　글을 짓게 되는 경우에, 망설이고 어려워하는 이에게 그 이유를 물으면 쓸 거리가 없어 그러하노라고 대답하는 수가 많다. 그런데 길가에 구르는 돌 하나를 두고도 장편소설을 지을 수 있다고 한 소설가 박경리의 말을 들어보면, 지을 거리가 없다는 생각이 그릇된 것임을 알 수 있다. 글감은 어느 어두운 곳에 따로 숨어 있지 아니하고 평범한 일상생활에 스며 있는 것이다.

　소중한 것은 글감이 아니라, 글 지을 거리를 갈고 닦아서 한 편의 글로 마련하는 솜씨와 눈이다. 그리고 글감을 바라보는 눈과 글감을 거머잡는 솜씨는 나날의 명백한 생활 속에서 형성된다. 글 짓는 길을 찾아 묻는 사람을 불러 한 달 동안 뜰에 가득한 꽃나무의 이파리와 꽃술을 모두 세게 하고, 다음 한 달 동안은 상에 오르는 밥과 찬의 맛을 음미하게 하였다는 문장가

의 이야기를 들은 적이 있다. 삶에 정성을 다하지 못하면서 글에 공들일 수는 없다. 느낌과 생각이 촘촘스럽지 못하면서 앞뒤가 맞는 글을 지을 수는 더구나 없다.

여유 없고 답답한 심정으로는 글을 지을 수 없다. 글을 지으려는 사람은 무엇보다 먼저 일상의 평범하고 용이하고 명백한 생활에 깃들어 있는 맛을 음미하는 법을 배워야 한다. 인생의 의미를 찾는 일은 높은 나무 위에 걸린 과일을 위태롭게 모험하여 얻어내는 것이라고 하는 생각은 크게 그릇되었다. 자연과 사회의 속뜻은 나날의 일과 놀이에 배어 있다. 어머니의 한 마디 말씀이나 매일 보는 친구와 잠시 나눈 이야기도 좋은 글이 될 수 있다. 여유를 가지고 삶에 공들이는 사람에게는 모든 순간이 놀랍고 새로운 사건이 된다. 짤막한 엽서 한 장이지만 받는 사람을 기쁘게 할 수 있는 이유가 여기에 있다. 글은 나의 얼굴이다. 늙으면 주름지고 죽으면 없어지는 얼굴보다 어떻게 보면 글은 더욱 무서운 경우도 있다. 아무렇게나 써 둔 일기의 한 쪽이 뒤에 남아 후손의 눈에 띄는 수도 있고, 선생님께 제출한 과제가 연구실에 남아 우연히 후배의 손에서 부끄러움을 당하는 수도 있다.

정작 글을 짓기 시작할 때에는 서두르지 말아야 한다. 봄에 대하여 글을 지어보라고 하면, 나물 캐는 색시에 노고지리 우짖는다고 써 놓고 말거나 일기장을 내 놓고는 세수하고 학교에 다녀와서 놀다 잤다는 글밖에 쓰지 못하는 사람들의 잘못이 모두 서두름에 있다.

글 지을 내용을 마음에 정한 후에는 그 대체의 내용을 중심으로 하여 상념의 날개를 펼쳐야 한다.

스스로 돌아보아 감수성이 예민한 편인 사람은 글 지을 내용을 특수화시키는 방향을 택하여 느낌의 글을 짓는 것이 좋다. '나무'에 대하여 글을 짓는다면, 내용을 제가 아는 어떤 나무로 특수화하고 다시 그것을 어느 때 어디에 있는 느티나무로 특수화하는 것이다. 그 후에 그 나무 주변의 경치와 분위기, 그 나무 아래에서 일어난 일들, 나무 밑에서 나눈 대화들로 글감이 풍부하게 모아지는 것이다.

스스로 이지력이 강하다고 판단되는 사람은 글 지을 내용을 보편화하는 방향을 택하여 생각의 글을 짓는 것이 좋다. 나무를 두고 시작하여 자연의 본질에 이르는 글이 될 수도 있는 것이다.

잘 느끼고 바르게 생각해야 좋은 글이 되는 것이지만, 느낌과 생각이 먼저고 글이 뒤가 되는 것은 아니다. 느낌과 생각을 기르는 지름길이 바로 '글짓기'인 때문이다. 글 짓는 데 공을 들이면 저절로 생각이 다듬어진다는 말이다.

아름다운 여인을 그리려는 사람은 그 여자의 눈썹과 입술을 운위(云謂)할 것이 아니라 밝은 달빛에 대하여 이야기하는 것이 글을 짓는 정도이다. 달빛을 환하게 받고 있는 담과 뜰, 그리고 뜰에 핀 꽃에 대하여 이야기하고, 달빛 아래 반짝이는 섬돌과 방의 문살에 대하여 자세히 공을 들인 후라면 방 안에 앉아 있는 여자의 모습을 드러내기가 훨씬 쉬울 것이다.

다시 말하면, 글 지을 내용에 관하여 떠오르는 모든 상념을 될 수 있는 대로 많이 공책에 적어 두어야 한다는 것이다. 남이 지은 글에서 글 지으려는 내용에 관련된 부분을 찾아 적어 두는 것도 좋은 태도이다. 솔직한 체험에서 우러나는 글이 좋은 글인데, 독서를 통한 체험도 현학만 아니라면 자기의 체험이 될 수 있기 때문이다.

아무리 풍부한 내용을 갈무리하고 있다 하더라도 짜임새가 없으면 좋은 글이 되지 못한다. 구슬이 서 말이라도 꿰어야 보배가 되는 것이다. 잘된 글에는 모든 부분들을 꿰뚫고 흐르는 하나의 중심선이 있다. 잘된 글은 앞뒤가 맞는 글이라는 말이다.

대화를 계속하다가 문득 말이 통하지 않아서 답답한 경우가 있는데, 말이 통하지 않는 것은 대화의 앞뒤가 어긋나 있다는 의미가 된다. 한 사람이 "교육은 조각과 같다"고 말했는데, 다른 사람은 "내일 등산 가자"라고 말한다면 그 두 사람의 대화에는 앞뒤가 어긋남이 있는 것이다. 그러나 다른 사람이 먼저 말한 사람의 이야기 속에서 어떠한 의미선(意味線)을 붙잡아 내어서 "교육은 원예와 같다"라고 말했다면, 이 두 사람의 대화는 "교육은 학습자의 능력을 북돋우는 원예와 같으면서 동시에 바람직한 사람을 형성하는 조각과 같다"는 결론에 도달할 수 있다.

이러한 대화의 윤곽을 설정해 보면 조각이란 항목이 하나, 원예란 항목이 하나, 조각이며 원예란 항목이 다른 하나로서 모두 세 항목이 될 것이며, 각 항목에 관한 세부 항목을 다시 세워볼 수 있을 것이다.

글의 윤곽을 설정하는 일도 위에서 제시한 대화의 경우와 동일하다. 공책에 적어 둔 상념의 조각들을 살펴보면서 그 상념들을 엮어낼 만한 뼈대, 다시 말하면 설계도를 그리는 것이다. 윤곽의 항목은 많을 수도 있고 적을 수도 있으나, 대개 세 항목에서 다섯 항목 사이에 있는 것이 보통이다.

윤곽의 형식적 전개는 들머리와 마무리를 앞과 뒤에 두는 모습이 대표가 되지만, 그 이외에 마무리만 붙이거나 들머리만 두는 경우도 있고, 시간의 순서로 하나의 사건을 서술하는 경우도 있으며, 흩어진 상념을 느슨하게 나열하는 듯싶은 인상을 주면서 내면에서 그 상념들을 보이지 않게 연결하는 경우도 있다. 글의 윤곽은 취미와 버릇에 따라 얼마든지 다양하게 설정될 수 있다. 어떠한 방법으로 윤곽을 설정할 것인가 하는 문제는 미리 고려하지 않아도 된다. 글의 윤곽이란 앞서 공책에 적어 놓은 상념들을 엮어 짜내려는 목적에 합치되기만 하면 어떻게 설정되어도 좋기 때문이다. 글의 윤곽을 설정하는 데도 어떠한 형식을 따르기보다는 직관에 의존하는 태도가 더욱 바람직하다. 다만 글의 윤곽 역시 종이에 적어 두어야 한다. 자재(資材)를 설계도에 따라 배치하여 건축하듯이 상념을 윤곽에 따라 배치함으로써 한 편의 글이 이루어지는 것이다.

지금까지는 한글을 아는 사람이면 누구나 지을 수 있는 글에 대하여 논술해 왔다. 예를 나의 작문 채점 기준에서 구하면, 대개 200자 원고지 다섯 장을 적어 내게 하여 문장의 수가 셋 이상인가, 문법에 맞는가, 내용의 앞뒤가 맞는가 하는 세 단계로 나누어 살펴보는데, 대강 이 세 단계를 통과하면 B학점 이상이 되는 것이다.

그러나 예술로서의 글은 글 짓는 전략과 전술을 체득해야 지을 수 있다.

> 글자는 군사요 사상·감정은 장수요 제목은 적국이요 옛일이나 옛이야기는 싸움터의 보루다. 글자를 묶어 구절을 만들고 다시 장(章)을 이룸은 대열을 지어 진(陳)을 시행하는 것과 같으며, 비유는 유격전에, 억양 반복은 백병전과 육박전에 해당하고, 제목의 뜻을 다해 결속하는 것은 적진에 돌입하여 적을 생포함과 같고, 함축을 중시함은 적의 노폐병을 사로잡지 아니함과 같고, 여운을 둠은 기세를 떨치며 개선하는 것과 같다. <燕巖集, 騷壇赤幟引, 25면>

박지원의 말처럼 나아가고 물러나며, 머무르고 쳐들어가며, 교란시키고 기습하는 데에 이르려면 참으로 고통스러운 짓기 공부를 거쳐야 한다. 전쟁에 과학적인 장비와 원활한 병참체계를 갖추어야 하듯이 많은 무기와 쌓아 놓은 훈련이 있어야 하며, 전쟁에 대중의 동원이 필요하듯이 독자가 바라는 곳이면 어디까지나 따라가는 노력과 독자에게 아부하지 않을 수 있는 원칙이 있어야 한다. 나폴레옹은 총으로 싸우지 않고 병사들의 발로 싸웠다고 말한 적이 있지만, 좋은 글을 쓰기 위해서도 단순한 지식만이 아니라 발로 가서 몸소 겪는 체험이 중요하다. 한 지점에 화력을 집중해야 하듯이 글의 핵심을 향해 한 방울도 남김없이 집중할 수 있어야 하며, 분산 고립된 적을 공격한 후에 집결된 적을 공격하듯이 용이한 내용을 먼저 논술하고, 심오한 내용을 논파해야 한다. 저돌맹진(猪突猛進)과 호의준순(狐疑逡巡)의 과오를 피할 줄 알아야 하며, 무엇보다 은폐할 때와 폭로할 때를 알아야 한다.

글을 짓는 경지를 나누어 대략 7급에서 8단에 이르는 단계를 둘 수 있다.

7급: 글을 아주 못 짓지는 않으나 안 짓는 사람.

6급: 글을 짓긴 하나 겁내는 사람.

5급: 짓기도 하고 겁내지도 않으나, 혼자 숨어 짓는 사람.

4급: 무슨 잇속이 있을 때만 글을 짓는 사람.

3급: 여자에게만 글을 지어 주는 사람.

2급: 잠이 안 와서 일기만 쓰는 사람.

1급: 글의 경지를 배우는 사람.

초단: 글짓기의 취미를 맛보는 사람.

2단: 글짓기의 참된 경지에 반한 사람.

3단: 짓기의 참된 경지를 체득한 사람.

4단: 글짓기의 도를 닦는 사람.

5단: 글짓기를 아끼는 사람.

6단: 지어도 그만 안 지어도 그만 글과 더불어 유유자적한 사람.

7단: 글에 공들이다 병이 들어 이미 지을 수는 없고, 글을 보고 즐거워만
　　 하는 사람.

8단: 글로 말미암아 다른 글 세상으로 떠나게 된 사람.

이상은 스승 지훈(芝薰)의 「주도유단(酒道有段)」이란 수필의 내용에서 짐
짓 빌어 변형한 것이거니와, 그럴 듯한 데가 없지 않다. 글꾼과 글 미치광
이는 점점 드물어지고 장삿글과 색글만 범람하는 세태를 바라보면서, 스스
로 돌아보아 한심한 마음을 어쩌지 못하겠다. 지난 시절 글신선들의 구절이
나 모아 보며 혼자서 서글픈 가슴을 달랠 수밖에 도리가 없는가 보다.

　　노인(老人)이 꽃나무를 심으심은 무슨 보람을 위하심이오니까. 등이 곱으시
고 숨이 차신데도 그래도 꽃을 가꾸시는 양을 뵈오니, 손수 공들이신 가지에
붉고 빛나는 꽃이 매즈리라고 생각하오니, 희고 희신 나룻이나 주름살이 도로
혀 꽃답도소이다.
　　나히 이순(耳順)을 넘어 오히려 여색(女色)을 기르는 이도 있거니 실로 누

(陋)하기 그지없는 일이옵니다. 빛깔에 취(醉)할 수 있음은 빛이 어느 빛일는지 청춘(青春)에 맡길 것일는지도 모르겠으나 쇠년(衰年)에 오로지 꽃을 사랑하심을 뵈오니 거룩하시게도 정정하시옵니다.

봄비를 맞으시며 심으신 것이 언제 바람과 햇빛이 더워오면 고운 꽃봉오리가 촉(燭)불 혀듯 할 것을 보일 것이매 그만치 노래(老來)의 한 계절(季節)이 헛되히 지나지 않은 것이옵니다.

노인(老人)의 고담(枯淡)한 그늘에 어린 자손(子孫)이 희희(戲戲)하며 꽃이 피고 나무와 벌이 날며 닝닝거린다는 것은 여년(餘年)과 해골(骸骨)을 장식(裝飾)하기에 이렇듯 화려(華麗)한 일이 없을 듯하옵니다.

해마다 꽃은 한 꽃이로되 사람은 해마다 다르도다. 만일 노인(老人) 백세후(百歲後)에 기거(起居)하시던 창호(窓戶)가 닫히고 뜰 앞에 손수 심으신 꽃이 난만(爛熳)할 때 우리는 거기서 슬퍼하겠나이다. 그 꽃을 어찌 즐길 수가 있으리까. 꽃과 주검을 실로 슬퍼할 자는 청춘(青春)이요 노년(老年)의 것이 아닐까 합니다. 분방(奔放)히 끓는 정염(情炎)이 식고 호회(豪華)롭고도 횃횃한 부끄럼과 건질 수 없는 괴롬으로 수(繡) 놓은 청춘(青春)의 웃옷을 벗은 뒤에 오는 청수(清秀)하고 고고(孤高)하고 유한(幽閑)하고 완강(頑强)하기 학(鶴)과 같은 노년(老年)의 덕(德)으로서 어찌 주검과 꽃을 슬퍼하겠습니까. 그러기에 꽃이 아름다움을 실로 볼 수 있기는 노경(老境)에서일가 합니다.

"멀리 멀리 나 땅 끝으로서 오기는 초뢰사(初瀨寺)의 백모란(白牧丹) 그중 일점(一點) 담홍(淡紅) 빛을 보기 위하야."

의젓한 시인(詩人) 포올 클로오델은 모란 한 떨기 만나기 위하야 이렇듯 멀리 왔더라니, 제 자위에 붉은 한 송이 꽃이 심성(心性)의 천진(天眞)과 서로 의지하며 즐기기에는 바다를 몇식 건늬어 온다느니보담 미옥(美玉)과 같이 탁마(琢磨)된 춘추(春秋)를 진히어야 할가 합니다.

실상 청춘(青春)은 꽃을 그다지 사랑할 배도 없을 것이며 다만 하눌의 별 물속의 진주 마음속에 사랑을 표정(表情)하기 위하야 꽃을 꺾고 꽂고 선사하고 찟고 하였을 뿐이 아니었습니까. 이도 또한 노년(老年)의 지혜(智慧)와 법열(法悅)을 위하야 청춘(青春)이 지나지 아닣지 못할 연옥(煉獄)과 시련(試練)

이기도 하였습니다.

　오호(嗚呼) 노년(老年)과 꽃이 서로 비추고 밝은 그 어늬날 나의 나룻도 눈과 같이 히여지이다 하노니 나머지 청춘(靑春)에 다이 설레나이다.

<鄭芝溶,「老人과 꽃」>

　사내의 사업으로 생각하면, 글짓기만큼 초라한 것도 달리 찾아보기 어렵다. 한없이 드는 투자에 견주면 그야말로 소득은 전혀 없다고 하여도 과언이 아니다. 그러나 어리석은 소견으로는 사람이 세상에서 믿고 의지할 만한 님으로 과학과 예술만한 것이 드물 것 같다. 종교와 역사가 있다 하나, 역사는 이미 경제사·사상사·과학사 등으로 흩어져 가고 있으며, 종교는 예술의 신비적 갈래로 여겨질 날이 올 것도 같다. 시와 선(禪)을 하나로 봄은 선가(禪家) 스스로 들고 나온 명제이며, 기독교의 유일신(唯一神)적 표현이 예술이 될지 안 될지는 알 수 없으나, 성서 가운데 시편(詩篇)은 그대로 훌륭한 시가 아닌가. 물리학과 경제학이 아무리 발달되어도 인간 심정의 깊은 곳에 터 잡은 예술은 인류와 운명을 함께 할 것이며, 지용의「노인과 꽃」처럼 아름다운 글은 예술의 핵심에 자리잡고 움직이지 않을 것이다. 예술을 하는 마음과 과학을 하는 마음이 다 같이 곱고 바른 마음임을 확인하는 일은 인류 존망의 과제이며, 예술을 하는 사람과 과학을 하는 사람이 돈독하게 이야기를 나눌 수 있는 공간을 마련하는 일도 인류의 위급한 과업이다. 이러한 과업의 일부를 글짓기가 떠맡고 있는 것이다. 글을 짓지 아니할 수 없으며, 글짓기를 조심하지 아니할 수 없다.

시 교육론

교사의 박식과 재능을 과시하는 시 교육이 아니라 학습자의
수용능력을 증진시키는 시 교육이 되어야 한다는 것은 우리
교육의 시급한 과제이다.

1

시를 언어의 조직이라고 규정하고 정확한 개념과 엄격한 분석을 장려하는 관점은 비판되어야 한다.

시의 교육은 대체로 시를 언어의 조직이라고 정의한 이후에 그 언어의 성질을 검토하는 방법을 취해 왔다. 나타난 결과로서의 시 작품을 대상으로 하여 비교적 모호한 개념의 혼란을 회피할 수 있는 길을 따라 수행되어 왔다고 할 수 있다. 근래에 발달된 언어학의 분석과정이 시 교육에 도입되면 그것은 더욱 정밀한 외관을 갖출 수 있게 된다. 비유의 분석에 의미론이 활용되고 운율의 분석에 음운론이 적용되어 시의 연구와 시의 교육은 그대로 언어학의 한 분과로 편입되고 있는 중이라는 생각이 들 정도이다.

그러나 이렇게 언어만을 중시하는 태도는 그 언어를 둘러싸고 움직이는 체험의 세계에 대한 배려를 상대적으로 약화시킬 염려가 있다. 언어철학의 일파까지 가세하여 말이 곧 삶이라고 강변하는 경향이 점점 뚜렷해지는 사태가 보이는데 말과 삶이 떼어낼 수 없이 결합되어 있음은 부인할 수 없지만, 그래도 역시 말은 작고 삶은 크다는 사실을 인정해야 한다. 삶은 삶의 어떠한 표현보다도 큰 것이다. 시를 읽어도 그만이고 안 읽어도 그만인 말장난으로 만들고, 시의 학습을 해체와 분석으로 채워지는 공작시간으로 몰아댄 과오는 지나친 분석주의자들에게 있다. 이러한 언어 중시가 초래한 오류의 다른 한 가지는 시와 시인을 분리하는 데 있다. 원래 윔재트와 비어즐리가 「의도의 오류」란 제목의 논문을 쓴 이유는 작가의 의도에 대한 심리학적 고려의 위험성을 경계하려는 데 있었을 따름이지, 시인은 전혀 무시하고 시만 논해야 한다고 주장한 것은 아니었다. 그런데 이 말을 그릇 이해하여 시인을 무시하고 외면하는 근거로 삼는 것에는 적지 않은 문제가 있다.

작품을 중시하는 태도는 물론 옳은 것이지만 시 작품은 마땅히 시인과 함께 존중해야 한다. 의도의 오류란 용어가 잘못 전달됨으로써 시인들은 모리배 뺨칠 만큼 약삭빠르게 놀아나면서 재주 있어 시만 잘 쓰면 된다고 지껄이고, 독자들은 생활은 너절한데 시는 잘 쓴다는 말을 흔히 입에 담게 되었으니, 그것은 결국 시의 침체와 소멸을 자초하는 일이다. 우리는 마땅히 시인도 사랑하고 시도 좋아해야 한다. 이상(李箱)과 소월의 생애 자체가 우리 문화의 재산이 되는 것이다.

그러므로 나는 시의 교육을 체험에서 시작해야 된다고 생각한다. 시의 교육은 시인의 체험과 시 작품에 담긴 체험과 학습자의 체험이 서로 만나는 자리를 마련해 주는 일이 되어야 한다.

　　시라는 것은 사람들이 생각하고 있다시피 감정이 아니다. (감정이라면 젊었을 때에도 충분히 지니고 있다고 할 수 있다.) 사실은 시는 체험인 것이다. 한 줄의 시를 위하여 많은 도회지, 온갖 인간들 그리고 여러 가지 사물을 알아야만 할 것이며, 여러 가지 동물도 배워야 하고 새들이 나는 법을 느낄 수 있어야만 될 것이다. 그리고 조그만 꽃들이 아침이면 어떤 몸짓을 하면서 피어나는가를 알아야만 될 것이다. 미지의 고장의 길들, 뜻하지 않았던 해후(邂逅), 멀리서 다가오고 있는 것이 보이는 이별 이런 것을 추억으로 되살려낼 수 있어야 할 것이다─아직도 그 의미를 파악하지 못한 어린 시절에 대한 추억, 기쁨을 갖다 주는데 이해를 못하는 탓으로 슬프게 만들 수밖에 없었던 부모에 대한 추억(다른 아이들에게는 그런 것은 즐거운 일이었다), 여러 가지 심각하고도 중대한 변화를 가지고 이상스럽게 생겨나는 어린 시절의 병들, 조용하고 괴괴한 방에서 지낸 어떤 날, 바닷가의 아침, 바다 그 자체의 모습, 이곳저곳의 여러 바다들, 별들과 더불어 사라져 버린 벅찼던 나그네로서의 밤들, 이런 것들을 시인은 추억으로 되살려낼 줄 알아야 할 것이다─아니 그런 모든 것을 생각해 되살리는 것만으로는 어림도 없다. 하루하루가 같지 않고 다른 맛이 나는 사랑의 밤들, 그리고 임산부의 부르짖는 소리, 가볍고 흰옷에 감겨 잠자며 산후에 조리를 하는 여인들, 시인은 이런 모든 것을 추억으로서 지니고 있어야만 할 것이다. 죽어가는 사람의 임종도 당해 봐야 할 것이며, 열어젖힌 창이 바람에 달가당거리는 방에서 죽은 사람을 위한 밤샘도 해 보아야 할 것이다. 그러나 이러한 추억들을 갖는 것만으로도 역시 불충분하다. 추억이 많아지면 그것을 잊을 수 있어야만 될 것이다. 그리고 그 추억이 다시 올 때까지 기다리는 커다란 인내심이 필요하다. 추억만 가지고는 아직 아무런 소용도 없다. 그 추억이 우리의 피가 되고, 눈이 되고, 몸짓이 되며, 이름도 없는 것이 되어 그 이상 우리들 자신과도 구별할 수 없이 됨으로써 비로소 아주 우연한 순간에 한 편의 시의 최초의 말은 그런 추억의 한 가운데서 추억의 그늘로부터 발생해 나오게 되는 것이다.

다소 인용이 길어졌지만 「말테의 수기」에서 릴케가 지적한 체험의 의미를 귀담아 듣고 해석해 보는 것은 시의 교육에 좋은 참고가 된다.

체험의 의미를 좀더 상식적으로 풀어보면 인간과 주변공간의 상호작용을 인간의 입장에서 가리키는 것이라고 할 수 있다. 인간은 진공 속에서는 숨 쉴 수 없으므로 늘 주변공간에 얽히어 있다. 주변공간은 인간에게 유리한 조건이 되어 주기도 하나, 때로는 생명 자체를 위험하게 하기도 한다. 주변공간이 생활의 유리한 조건이 되어 주지 않을 때에 인간에게는 욕망이 의식된다. 인간은 주변공간과의 부조화를 느끼는 동시에 평형을 회복하려는 노력을 감행한다. 이와 같이 부조화의 단계와 조화의 단계가 교체하는 생명의 과정이 체험이다. 주변공간과의 상호작용 속에서 인간의 정력은 축적되고 방출되고 혹은 차질되고 막히고 혹은 승리한다. 인간과 주변공간의 상호작용에는 결핍과 충족의 율동적인 박자가 있고 행동과 행동 저지의 고동이 있다. 인간은 불리한 조건들을 극복함으로써 성장한다. 인간과 주변공간의 부조화가 더 커지고 그것을 극복하려는 인간의 노력도 더 커지는 것이 인간의 성장이다.

동물과 식물은 다만 삶을 보존하는 데 그치지만 인간은 삶을 발전시킨다. 인간과 주변공간의 상호작용에서 두 가지 측면이 나타나는데, 그 하나는 주변공간이 인간의 내부로 뚫고 들어오는 힘이며 다른 하나는 인간의 내부에서 주변공간으로 밀고 나가는 힘이다. 체험은 이러한 수동과 능동이 상호 작용하며 전진하는 과정이다. 인간과 주변공간의 상호작용은 탄산소다와 황산이 중화되어 황산소다를 이루는 과정에서 보이는 자극과 반응의 관계가 아니다. 우리는 인간과 주변공간의 주체적 복합관계를 물음과 응답의 복합체라고 부를 수 있다. 인간의 응답은 언어와 행동, 기분과 충동, 사상과 감정 등이 뒤섞인 전인적(全人的) 표현이다. 인간은 단순히 감정에 좌우되는 동물도, 사고하는 자아도 아니다. 인간은 응답하기 때문에 존재하는 (respondo, ergo sum) 동물이다.

인간의 체험은 일차적으로 공간적 체험이다. 흔히 동서남북 상하로 펼쳐져 있고, 길이와 높이를 기계적으로 잴 수 있는 장소를 공간이라고 생각하지만, 인간이 체험하는 공간은 그러한 물리적 공간과는 다른 성격을 지니고 있다. 인간의 삶 속에서 드러나는 공간은 서로 밀도를 달리하는 여러 부분들이 몇 겹으로 중첩되어 있는 활동체이다. 연인과 함께 하는 자리는 상담(商談)의 장소와 전혀 다른 밀도를 지니고 있다. 주체를 중심으로 삼고 전자장(電磁場)처럼 물결무늬를 그리는, 여러 개의 서로 다른 에너지장(場)이 몇 겹으로 얽혀 있는 삶의 공간은 대충 두 가지 차원으로 나누어 생각할 수 있다. 삶의 공간은 세계와 대지, 집과 일터로 구분될 수 있는 것이다. 가정은 인간의 성이요 평화와 안식의 장소이며, 가정의 외부에는 경쟁과 불화의 전장(戰場)인 일터가 있다. 휴식과 노동에 따르는, 서로 다른 차원의 밀도를 집과 일터에 배분할 수 있다. 집이 없다는 사실은 황량한 자연 공간에 버려져 있음을 의미한다. 물리적인 공간 자체는 다정한 것도 황량한 것도 아닐 터이나, 인간의 삶에서 집이 없으면 공간은 적대적인 빛깔을 띠게 된다. 집을 이룩함은 공간의 일부를 자기화하는 것—오리가리 흩어진 삶에 깃들일 수 있는 초점을 마련하는 것이다. 집은 거친 공간에 부드러운 분위기를 퍼뜨리는 삶의 핵심이고, 가족의 애정은 일체의 구속에서 해방된 자유로운 인간관계의 상징이 될 수 있다. 제아무리 권세 있고 유식한 자라도 어머니의 앞에 서면 어린아이가 되는 것이다.

그러나 공간적 체험에서 집의 차원과 일터의 차원은 대체로 중복되고 있다. 대립 속의 통일이요, 통일 속의 대립이라고 할 만한 변증법적 관계를 나타내고 있는 것이다. 오히려 공간적 체험은 일터조차도 삶의 집으로 개척하려는 투쟁으로 형성된다. 인간의 손이 미치지 않는 대지를 인간화된 세계로 흡수해 들이려는 투쟁이다. 집과 일터의 투쟁, 다시 말하면 세계와 대지의 투쟁이 전개되는 마당이 삶의 공간인 것이다.

인간의 체험은 또한 시간적 체험이다. 사람들은 흔히 시간을 1차원적인 것으로 생각하고 있다. 하나의 긴 직선 위를 흘러가는 시간 가운데 과거는 지나갔고, 미래는 아직 오지 않았으며, 현재는 물 흐르듯 지나가고 있다. 그러나 살아서 움직이고 생각하고 느끼고 일하는 인간의 체험은 1차원적인 흐름이 아니고 일정한 폭과 넓이를 지닌 3차원적 구조이다.

> 이제야 비로소 똑똑히 밝혀진 것은 미래도 과거도 있는 것이 아니라는 점입니다. 따라서 과거·현재·미래라는 세 가지 시간이 있다고 말함이 옳지 못할 것이요, 차라리 과거의 현재·현재의 현재·미래의 현재, 이렇게 세 가지 때가 있다 하는 것이 그럴 듯할 것입니다. 이 세 가지가 영혼 안에 있음을 어느 모로 알 수 있으나, 다른 데선 볼 수 없사오니, 즉 과거의 현재는 기억함이요, 현재의 현재는 목격함이요, 미래의 현재는 기다림입니다.

아우구스티누스가 「고백」(제20장)에서 말하고 있는 바와 같이 우리는 현재 속에서 무슨 일을 위해서 계획하고 그 무엇을 기대하고 불의의 재난을 걱정하고 또한 앞날의 행복을 희망한다. 우리는 현재 속에서 지나간 아쉬움을 추억하고 역사적인 사실을 기억하고 희미한 사랑의 그림자를 회상한다. 계획·기대·걱정·희망 등은 체험 안에 존재하는 미래의 형식들이고 추억·기억·전통·회상 등은 체험 안에 존재하는 과거의 형식들이다. 과거는 체험의 토대가 되고 미래는 체험의 방향이 된다. 과거는 역사적 사회적 기반으로서 적극적으로 체험을 구성하며 미래는 희망과 전망으로서 적극적으로 체험을 구성한다. 이 둘을 통일하는 역동적 계기가 현재의 체험인 것이다.

　그리고 인간의 체험은 주체적 체험이다. 인간과 주변공간의 상호작용에는 인간 측의 어떠한 선택가능성이 포함되게 마련이다. 아리스토텔레스는 그의 「윤리학」에서 이 문제를 비교적 타당하게 다루었다. 폭풍우 때문에 어쩔 수 없이 짐을 바다에 던졌다는 진술에 대하여, 아리스토텔레스는 폭풍우를 구실삼아 짐을 바다에 던진 것은 그 사람 자신이 안 던지는 것보다 던지는 것이 낫다고 선택한 행동이니, 그로 인해 재화를 손해 본 대신 목숨을 건졌다든가 하면 모르려니와 반대로 국민 대중에게 큰 해를 입히는 결과가 초래되었다면 그 책임은 마땅히 그 사람에게 물어야 한다고 해석하였다. 또 술에 중독되어서 하는 수 없이 술을 마신다는 진술에 대하여 아리스토텔레스는, 지금은 그 사람이 술과 인과 필연적인 관련을 맺고 있지만 그렇게 되기까지 허다한 시간을 그러한 방향으로 자신의 행위를 선택해 온 원인은 그 사람에게 있으니 역시 책임을 져야 한다고 해석하였다. 몰라서 실수했다고 하는 진술에 대해서도 아리스토텔레스는 일상생활에는 고도한 지식이 요구되지 않으며, 만일 중대한 일을 무지로 인해 그르쳤다면 그 사람은 잘못에 대한 책임뿐 아니라 무지에 대한 책임까지 져야 한다고 해석하였다.

　"어떤 자가 무슨 행동을 하는 것은 그가 그것을 좋아하는 까닭인데, 누가 무엇을 좋아하는 것은 그에게 속한 일이 아니다"라고 하여 유전이나 소질을 구실삼아 변명하는 수도 있다. 이러한 견해에 대한 아리스토텔레스의 대답은 다소 평범하다. "그렇게 말하는 그 사람 자신도 아마 잘한 일에는 칭찬을 받고 싶어할 것이니 그럼에도 불구하고 그렇게 말하는 것은 단지 허물을 가리려는 수작일 뿐이다."

　인간의 체험이 주체적 성격을 가지고 있다는 사실, 다시 말하면 선택가능성과 자기원인(自由)을 지니고 있다는 사실을 아리스토텔레스는 주로 책임의 문제와 연관지어 검토하였다.

　이상에서 살펴 온 것처럼 인간의 체험은 공간적 체험이요, 시간적 체험이요, 주체적 체험이다. 시는 체험이 지닌 폭과 깊이 그리고 넓이에 섬세하게 뿌리를 내리고 있다. 우리가 자신의 부모를 선택할 수 없는 것처럼 시인도 자기의 체험을 선택할 수 없다. 예민한 감수성으로 열정에 가득 차서 체험을 깊이 수용할 수 있을 뿐이다. 사실에서 시를 언어의 유희로 몰아넣는 분석주의자에게서 해방될 필요가 있는 것만큼이나 우리는 세계의 죄를 신임장처럼 짊어지고 다니는 협박조의 군소 예언자들에게서도 해방될 필요가 있다. 우리는 우리 시대의 상처를 자신의 상처로 앓는 시인을 한없이 존경하지만, 이른바 무병신음(無病呻吟)의 사기꾼들을 경계하지 않으면 안 된다. 그러나 여기에도 하나의 원칙이 있으니, 정치적 선이 좋은 시의 보장은 안 되지만, 정치적 악은 미적 현상을 파괴한다는 사실이다. 우리 시대의 기본원칙이 매판자본(買辦資本)에 대한 투쟁선상(鬪爭線上)에 있음은 분명한 만큼 매판성(買辦性)이 미적 형상을 파괴할 것은 의심할 여지가 없다. 일정(日政) 말기의 친일시(親日詩)를 아름답게 여길 한국 사람이 어디 있겠는가?

시 교육의 첫 단계는 구체적으로 한 편의 시 작품을 앞에 놓고, 그 시 안에 담긴 체험을 학습자 자신의 체험과·연관시키는 활동이다. 시의 각 부분에 나타나 있는 체험에 대하여 떠오르는 자기의 체험을 자유롭게 말하게 하는 것이다.

향단(香丹)아 그넷줄을 밀어라
머언 바다로
배를 내어 밀듯이,
향단(香丹)아

이 다수굿이 흔들리는 수양버들 나무와
벼갯모에 뇌이듯한 풀꽃뎀으로부터,
자잘한 나비새끼 꾀꼬리들로부터
아조 내어밀듯이, 향단(香丹)아

산호(珊瑚)도 섬도 없는 저 하늘로 나를 밀어 올려다오
채색(彩色)한 구름같이 나를 밀어 올려다오
이 울렁이는 가슴을 밀어 올려다오!

서(西)으로 가는 달 같이는
나는 아무래도 갈 수가 없다.

바람이 파도(波濤)를 밀어 올리듯이
그렇게 나를 밀어 올려다오
향단(香丹)아

「추천사(鞦韆詞)」라는 서정주(徐廷柱)의 이 시를 대상으로 시의 각 부분에 연관된 학습자의 체험을 이야기하게 했더니, 대강 다음과 같은 내용이 나왔다.

A (첫째 부분): 나는 강릉 출신인데 단오제(端午祭)날 붉은 치마 푸른 저고리의 처녀들이 그네를 타고 하늘 높이 나는 광경을 많이 보았다. 그때 생각이 떠오르며, 그네를 타고 내려와 서 있는 여자의 적삼에 땀에 배어 있는 모습도 회상된다.

B (둘째 부분): 나도 촌에서 자랐기 때문에 푸나무나 나비, 새들 사이에서 어린 시절을 보냈다. 그때는 눈여겨보지 않았는데, 서울에 와 학교를 다니게 되고, 이제 이 시를 대하니 시골의 자연이 그리워진다.

C (셋째 부분): 풀밭에 오래 누워서 하늘을 바라본 적이 있는데, 흘러가는 구름을 쳐다보면서, 하늘 어디론가 한없이 흘러가 보고 싶은 충동을 느꼈다.

D (넷째 부분과 다섯째 부분): 바다에 가서 튜브를 타고 파도를 맞으며 떠갔다 떠왔다 하면서 그네를 타고 있는 기분이었던 때가 있다.

이 외에 텔레비전에서 춘향이를 맡았던 배우들이 모두 추문을 일으킨 것

이 생각난다는 학생도 있었으나, 시에 담긴 체험과 연관되지 않으며, 오히려 시의 내용을 파악하는 데 방해가 되는 체험이므로 배제하고 고려하지 않았다.

학습자의 체험과 시의 체험을 연관지어야 하는 일은 고전시(古典詩)를 취급할 경우에도 마찬가지로 중요하다. 고려가요 중에서 전체적 구조를 파악하기 어려운 「동동(動動)」 같은 시도 각 부분을 나누어 학습자의 체험을 거기에 연결해 보면 쉽사리 친근하게 될 수 있다. "섣달 냇물은 얼었다 녹았다 하는데 / 이 세상에 태어나서 이내 몸은 혼자서 사는구나" 같은 구절에서 학습자가 자기의 가장 외로웠던 순간을 회상하는 것은 자연스러운 일이며, "단오날 아침 천년을 길이 사실 약이라 생각하고 / 약 달여 바치나이다"와 같은 구절에서 학습자가 할머니 환갑잔치에 꽃을 사다 드린 체험 등을 연상하는 것도 무리 없는 일이다. 이렇게 각 부분을 자기의 체험에 연결시키다 보면 학습자 스스로 「동동」의 결구(結構)가 일관된 구성 방법이 아니라 체험을 병치(並置)하는 구조임을 깨닫게 되는 것이다.

2

학습자의 체험에서 시작하여 운율과 비유의 합성인 시적 기록으로
들어가는 길을 찾게 한다.

　우리 시대의 탁월한 비평가 최재서(崔載瑞)는 시를 체험의 기록이라고
정의하였다. 윌리엄 제임스와 I. A. 리차즈의 이론에 기댄, 그의 번쇄스러운
체험론에 나는 이견(異見)을 가지고 있으나, 시를 체험의 기록이라고 보는
데는 완전히 경복(敬服)하고 있다. 최재서는 '기록'을 설명하여 기록은 보존
의욕을 전제로 한다고 말하였다. 시인은 아무 체험이나 마구 기록하는 것이
아니라 자기의 체험이 보존할 만한 가치가 있다고 생각될 때에만 표현의욕
을 가지게 된다는 것이다. 만만히 죽지 않는 작품이 될 만하다는 느낌이 없
다면 시인은 자기의 체험을 정성들여 기록할 리가 없다. 그러므로 체험에는
보존하고 기록할 만한 체험과 기록할 필요가 없는 체험이 있음을 알 수 있
는데, 최재서는 완전히 타성에 빠져서 무기력한 가수(假睡) 상태의 체험을
최악의 체험이라 하고, 충실하고 예민하고 활동적인 체험을 최선의 체험이
라고 하였다.
　시인이 보존할 만하다고 생각한 체험이라도 그대로 기록되는 것이 아니라
기록되는 과정에서 재구성되고 변형된다. 작품에 전체적으로 앞뒤가 맞도록
하기 위하여 시인은 다른 체험을 포섭해 들여오기도 하고 체험 내용 가운데
일부를 제거하기도 하면서 일종의 질서를 찾는다. 물론 이러한 질서는 논리
적 체계와는 전혀 다른 '자유로운 질서'이지만 체험이 기록과정을 통해서
결합되고 변용되고 재구성된다는 사실에는 의심할 여지가 없다. 이러한 사
실은 시인의 초고와 정고(定稿)를 비교해 보면 잘 알 수 있다. 다음에 인용
하는 A는 박목월(朴木月)이 지은 「나그네」의 초고이고 B는 정고이다.

A 나루를 건너서
　외줄기 길을

　구름에 달 가듯이
　가는 나그네

　길은 달빛 어린
　남도(南道) 팔백리(八百里)

　구비마다 여울이
　우는 가람을

　바람에 달 가듯이
　가는 나그네

B 강(江)나루 건너서
　밀밭 길을

　구름에 달 가듯이
　가는 나그네

　길은 외줄기
　남도(南道) 삼백리(三百里)

　술 익는 마을마다
　타는 저녁놀

　구름에 달 가듯이
　가는 나그네

　박목월 자신의 말을 이끌면, 첫 부분은 설명이 지나친 것 같아 ‘밀밭 길’

로, '달빛 어린 길'은 진부한 것 같아 '외줄기 길'로 고쳤고, '바람에 달 가듯이'는 구름 사이로 빠져나가는 맑은 달의 모습이라는 주제와 다소 어긋나는 듯하여 수정했으며, 서러운 정서가 감정으로써 받아들일 수 있는 거리로는 너무 멀어서 '8백리'를 '3백리'로 바꾸었다는 것이다.(「보라빛 紫描」, 新興出版社, 1958, 93면)

시인이 체험을 기록하면서 자기의 체험에 자유로운 질서를 나타나게 하기 위하여 주의하는 방법의 하나는 시적 기록의 율격(律格)이다. 박목월의 「나그네」는 세 걸음의 율격을 드러내며 기록되어 있다.

> 강나루 / 건너서 / 밀밭 길을 //
> 구름에 / 달 가듯이 / 가는 나그네 //
> 길은 / 외줄기 / 남도 삼백리 //
> 술 익는 / 마을마다 / 타는 저녁놀 //
> 구름에 / 달 가듯이 / 가는 나그네 //

이렇게 세 걸음으로 되어 있을 뿐 아니라 각 부분 둘째 행의 마지막 단어(율격으로만 보면 율격적 행의 마지막 단어)를 명사로 함으로써 '건너서', '길을', '가듯이', '길은', '타는', '가듯이' 등에서 길게 뽑아 호흡을 늦추었다가 '나그네', '3백리', '저녁놀'에 오면 완전히 호흡을 멈추고 다음 부분을 새롭게 시작하게 되어 읊으면서 안으로 새겨지는 힘을 느끼도록 기록하고 있다. 박목월은 「밭을 갈아」와 같은 작품에서 두 걸음의 기록도 보여주고 있다.

> 밭을 갈아 / 콩을 심고 //
> 밭을 갈아 / 콩을 심고 //
> 꾹구구구 / 비둘기야 //

백양(白楊) 잘라 집을 지어
초가삼간 집을 지어
꾹구구구 비둘기야

대를 심어 바람 막고
대를 쪄서 퉁소 뚫고
구구우꾹 비둘기야

장독 뒤에 더덕 심고
장독 앞에 모란 심고
구구우꾹 비둘기야

웃말 색시 모셔두고
반달 색시 모셔두고
꾹구구구 비둘기야

햇볕나면 밭을 갈고
달빛나면 퉁소 불고
꾹구구구 비둘기야

우리 시의 율격은 대체로 고려 시대 이전에 세 걸음이었다가 조선시대에
와서 네 걸음으로 바뀌었는데, 20세기의 시는 다시 세 걸음을 주로 취하고
있다.

A (향가) : 오다 / 오다 / 오다 //
　　　　　오다 / 셔럽 / 다라 //

B (여요) : 정월 / 나릿 / 므른 //
　　　　　어져 / 녹져 / ᄒ논더 //

   C (여요) : 남산애 / 자리보와 / 옥산을 / 벼여누어 //

         금슈산 / 니블안해 / 사향각시를 / 아나누어 //

   D (현대시) : 벌레 먹은 / 두리 기둥 / 빛 낡은 단청 // 풍경 소리 / 날러간 / 추녀끝
      에는 // 산새도 / 비둘기도 / 둥주리를 / 마구 쳤다. // 큰나라 / 섬기다 / 거미줄친 /
      옥좌위엔 // 여의주 / 희롱하는 / 쌍룡대신에 / 두마리 / 봉황새를 / 틀어올렸다 //
      어느땐들 / 봉황이 / 울었으랴만 // 푸르른 / 하늘밑 // 추석을 / 밟고가는 / 나의그
      림자 // 패옥 / 소리도 / 없었다 // 눈물이 / 속된 줄을 / 모를양이면 // 봉황새야 / 구
      천에 호곡하리라 //

이러한 율격의 변화는 시대적 상황의 어떠함에도 이유가 있겠고, 한 종류의 율격이 오래되면 진부해져서 흥분시키고 자극시키는 힘을 잃게 됨에도 이유가 있겠다.

율격은 기계적인 성격을 지니고 있으므로 그 자체로서 의미 있는 것이 아니지만, 체험을 적절하게 기록하는 데에 커다란 효과를 발휘한다. 율격은 시인의 흥분된 정신상태의 산물이기 때문에 열정과 충동을 함축하고 있으면서 동시에 반복되는 질서이기 때문에 의지와 절제를 드러낸다. 전체적 질서라는 관점에서 보면 율격은 통일이며 안정일 것이나, 전개되는 과정에 입각해서 살피면 율격은 자극이며 각성일 것이다. 율격은 흥분과 안정, 각성과 진정, 기대와 만족이 되풀이되는 흐름이다. 독자의 호기심을 자극하고는 만족시키고, 자극하고는 만족시키고 함으로써 율격의 반복되는 흐름은 기록된 체험 내용에 대한 독자의 주의력을 예민하고 활발하게 한다. 만일 체험의 기록에 기여하지 못하는 율격이 나타나게 되면 즉시 독자에게 실망을 일으킨다. 어둠 속에서 층계를 걸어 내려오던 사람이 아직 두어 계단 남아 있다고 생각하고 성큼 내려 디뎠는데, 사실은 다 내려와서 한 계단도 남아 있지 않을 때에 느끼는 불쾌감과 유사한 실망을 주는 것이다.

체험을 기록하려고 할 때에 시인에게는 반드시 열정과 강한 정서가 나타나며, 기록되는 체험내용을 가열(加熱)해야 하는데, 이러한 감정의 흥분 상

태는 기록에 운율을 갖추게 할 뿐 아니라 비유를 형성하게하기도 한다. 시를 읽다 보면 우리가 보통 사용하는 문장 속에는 잘 나타나지 않는 특수한 표현이 눈에 띄게 마련이다. 문장의 형식 자체가 이상하거나 어색한 것은 전혀 아님에도 불구하고 일상생활에서 주고받는 문장 속에서는 함께 나타나지 않는 낱말들이 서로 자연스럽게 관계되어 있는 모습을 때때로 보게 된다. 시의 이런 부분을 이미지라고 하며, 시인은 여러 가지 방법으로 이미지를 형성할 수 있지만 그 가운데 대표적인 방법이 비유를 구성하는 것이다. 운율을 갖추고 비유를 구성하면서 체험을 가장 적절하게 기록한 전형(典型)이 한시(漢詩)이다. 고려시대 강일용(康日用) 같은 시인이 백로(白鷺)가 나는 모습을 본 체험을 "날아서 푸른 산의 허리를 베었다(飛割碧山腰)"고 기록하여 큰 산의 중턱이 끊어져 두 동강으로 갈라지는 이미지를 구성한 것 같은 비유는 실로 놀라운 바 있다. 그러나 한시는 한문이라는 문장 형식을 벗어나면 충분한 효과를 내지 못하므로 우리의 경우 시 교육에 적용하는 데 애로가 있다.

실제의 시 교육에서 이미지니 비유니 하는 용어 자체에는 전혀 아무런 가치가 없으며, 그런 용어를 모르는 것이 시에 기록된 체험을 더 잘 파악하게 하는 수가 많다. 다만 체험을 기록한 문장 가운데 있는 예사롭지 않은 표현에 눈여겨 주의할 능력만 있으면 된다.

골작에는 흔히
유성(流星)이 묻힌다.

황혼(黃昏)에
누뤼가 소란히 싸히기도 하고,

꽃도
귀향 사는곳,

절터 ㅅ드랬는데
바람도 모히지 않고

산(山)그림자 설핏하면
사슴이 일어나 등을 넘어간다.

정지용(鄭芝溶)의 「구성동(九城洞)」이란 이 시를 읽는 사람은 누구나 '우박이 요란하게 떨어진다'는 의미를 '누뤼가 소란히 쌓인다'로 표현한 둘째 부분에 주목할 것이고, 그것보다 더 심한 정도의 긴장으로 '꽃'과 '귀향살이'가 서로 관계하고 있는 셋째 부분에 와서 눈길을 멈출 것이다. 이 두 부분이 이미지이고 비유를 구성한 기록이다. 이렇게 유난스런 표현은 쓸쓸하고 조용한 구성동의 황혼에 대한 시인의 체험을 적절하게 기록될 수 있도록 도와주고 있는 것이다. 비유는 서로 겯고트는 두 문맥의 상호침투이다. 비유에는 둘 이상의 사실이 관련되는데, 그것들은 대개의 경우에 폭과 깊이, 부피와 운동을 지니고 있는 문맥들이다. 그곳에는 핵심이 되는 낱말이 있을 수 있으나, 그 핵심 되는 낱말은 전자장(電磁場)과 비슷한 물결무늬를 그리면서 주위로 파동쳐 나아간다. 이러한 둘 이상의 문맥이 서로 연결되고 대립되며, 화합하고 투쟁함으로써, 보통의 독자가 예상하지 못했던 새로운 방식의 문맥으로 형성되는 것이다. 생명의 약동상태 또는 감정의 황홀상태에 잠겨 있는 시인의 정신이 체험을 기록하는 과정에서 자연스럽게 비유를 구성하는 것이므로 일반적 해석이 불가능한 터이나, 그러한 시인의 정신상태를 짐작하기 위하여 다음에 기독교인인 엘리어트와 맑스주의자인 프랑시스 뽕쥬의 말을 이끌어 보겠다.

A. 시인의 정신이 활동하기 위하여 완전히 준비되어 있을 때에는 분산된 체험을 끊임없이 결합하는 데 반하여 보통 사람의 체험은 무질서하고 불규칙하고 단편적(斷片的)이다. 시인이 아닌 사람도 연애를 하거나 스피노자를 읽거나 하지만, 이 두 가지 체험이 서로 아무런 관계를 이루지 못하며, 타이

프라이터 소리나 요리하는 냄새와도 그것들은 아무런 관계를 맺지 못한다. 그러나 시인의 마음속에서는 이러한 체험들이 항상 새로운 전체를 형성하고 있는 것이다.

B. 나는 모든 사람이 내부의 뚜껑을 열어 사물의 속으로 깊숙이 여행하고, 질적인 침입과 혁명과 전복운동 속으로 나설 것을 제안한다. 쟁기나 삽이 여태껏 땅속에 묻혀 있던 무수한 조각과 뿌리와 벌레와 작은 동물들을 별안간 처음으로 눈앞에 파내 놓듯이 조직적인 밀도를 지닌 말과 말들의 무진장한 수단은 한없이 풍부한 사물들의 밀도를 표현하는 것이다.

시 교육의 둘째 단계는 학습자가 자기의 체험과 연관지어 검토한 시를 놓고 떠오르는 질문을 자유롭게 질문하도록 하는 것이다. 질문이 나올 때마다 교사는 그 질문을 정리해 주고 다시 학습자 중에서 질문에 대답할 수 있는 사람은 자유롭게 말해 보도록 한다.

서정주의 「추천사(鞦韆詞)」를 학습하는 동안에 나온 질문과 대답은 다음과 같다. 여러 가지 대답이 실제로 있었으나 대표적인 내용 하나만 제시하기로 한다.

질문: 서정주는 왜 첫 부분에서 바다로 가겠다고 하고 셋째 부분에서는 하늘로
　　　가겠다고 했습니까?
대답: 그네가 운동할 때에 처음에는 수평으로 움직이다가 운동이 힘차진 후에
　　　수직 방향으로 올라가기 때문입니다.

질문: 둘째 부분에 나오는 수양버들과 풀꽃뎀이와 나비새끼와 꾀꼬리는 무슨
　　　특별한 의미를 가지고 있는 듯한데 그것이 무엇입니까?
대답: 이상 세계를 동경하는 시인이 벗어나려고 하는 현실 세계를 가리킵니다.
　　　무한한 세계를 향하여 나아가는 시인의 정신에 나타난 유한한 세계라고
　　　도 할 수 있습니다.

질문: 그렇다면 둘째 부분에 사용된 수식어구들이 이상하지 않습니까? 수양버들
　　이나 풀꽃뎀이나 나비나 꾀꼬리가 모두 사랑스러운 감정을 가질 만한 대
　　상인데다가 그것들은 다수굿이 흔들리고 베갯모에 놓여 있습니다. 베갯
　　모에 놓여 있다는 말은 아마 베개의 양 옆에 수놓았다는 뜻인 듯합니다.
대답: 이상 세계를 동경하면서 동시에 현실 세계에도 애착을 지니고 있는 시인
　　의 양면적 태도를 나타냅니다. 그렇게 보아야 왔다 갔다 하는 그네의
　　운동과 일치될 것이 아닙니까.

질문: 하늘에는 산호도 섬도 없다는 말은 무슨 의미입니까?
대답: 산호와 섬은 둘째 부분에 나오는 수양버들·풀꽃뎀이·나비·꾀꼬리와
　　동일한 내용입니다. 바다는 아직 현실에 가까이 있으나 그네를 타고 더
　　높이 올라가면 그런 현실의 성격을 떠난 이상 세계인 하늘로 가게 된다
　　는 의미입니다.

질문: 왜 채색한 구름같이 하늘로 가겠다고 했습니까?
대답: 그네 타는 춘향이의 옷차림이 푸른 저고리·붉은 치마일 터이니 그 모습
　　그대로 선녀가 되고 싶다는 뜻인 듯합니다.

질문: 왜 춘향이의 가슴이 울렁거립니까?
대답: 춘향이가 그네를 타는 것은 아직 이도령을 만나기 전의 일이니 열여섯
　　살의 처녀는 꿈에 부풀어 있게 마련이기 때문입니다.

질문: 춘향이는 왜 서쪽으로 가는 달 같이는 갈 수가 없다고 했습니까?
대답: 그네는 왕복운동 즉 반진자운동(半振子運動)밖에 할 수 없으므로 달이
　　서쪽으로 가듯이 직선운동을 할 수는 없습니다(학습자들이 이공대 학생
　　들이었기 때문에 과학용어가 많이 나왔다. 이 대답에 첨가하여 불교신앙
　　의 관점에서 보면 달이 아미타불의 심부름꾼임을 향가를 예로 들어 설
　　명해 주었다).

질문: 바람이 파도를 밀어 올린다는 말은 왜 나왔습니까?

대답: 밀려갔다 밀려오는 파도의 움직임이 그네의 왕복 운동과 비슷하기 때문
      입니다.

질문: 대체로 행들이 세 걸음으로 되어 있는데, 왜 첫 부분의 둘째 행은 두 걸
      음이며, 둘째 부분의 첫째 행과 셋째 부분의 두 행은 네 걸음입니까?
      (서양 시에 사용되는 **stanza**와 **foot**의 개념이 우리 시에는 적합하지 않
      으므로 부분과 걸음이란 용어를 사용하게 하였다.)
대답: 한 행에 포함되는 걸음의 수효가 적으면 느리게 읽혀지므로 배를 천천히
      내미는 동작과 일치하며, 걸음의 수효가 많으면 대체로 세 걸음을 예상
      하고 한 행의 읽는 시간을 상정해 놓았다가 여러 마디가 나오므로 낭독
      의 속도가 빨라져서 심정의 격앙상태에 부합됩니다.

시 작품에 담겨 있는 시인의 체험을 파악하기 위한 논의가 논쟁으로 발전
하고 정확한 대답이 불가능한 경우도 있다. 시인의 체험내용을 놓고 학습자
들이 가장 많이 토론한 작품은 정지용의 「선취(船醉)」였다.

    해협(海峽)이 일어서기로만 하니깐
    배가 한사코 긔여오르다 미끄러지곤 한다.

    괴롬이란 참지 않아도 겪어지는 것이
    주검이란 죽을 수 있는 것 같이.

    뇌수(腦髓)가 튀어나올랴고 지긋지긋 견딘다.
    꼬꼬댁 소리도 할 수 없이

    얼빠진 장닭처럼 건들거리며 나가니
    갑판(甲板)은 거북등처럼 뚫고 나가는데 해협(海峽)이 업히랴고만 한다.

    젊은 선원(船員)이 숫제 하아모니카를 불고 섰다.
    바다의 삼림(森林)에서 태풍(颱風)이나 만나야 감상(感傷)할 수 있다는 듯이

암만 가려 드딘대도 해협(海峽)은 자꼬 꺼져들어간다.
수평선(水平線)이 없어진 날 단말마(斷末魔)의 신혼여행(新婚旅行)이여!

오즉 한낱 의무(義務)를 찾어내어 그의 선실(船室)로 옮기다.
기도(祈禱)도 허락되지 않는 연옥(煉獄)에서 심방(尋訪)하랴고

계단(階段)을 나리랴니깐
계단(階段)이 올라온다.

또어를 부둥켜 안고 기억(記憶)할 수 없다.
하눌이 죄여 들어 나의 심장(心臟)을 짜노라고

영양(令孃)은 고독(孤獨)도 아닌 슬픔도 아닌
올빼미 같은 눈을 하고 체모에 긔고있다

애련(愛憐)을 베풀가 하면
즉시 구토(嘔吐)가 재촉된다.

연락선(連絡船)에는 일체로 간호(看護)가 없다.
징을 치고 뚜우 뚜우 부는 외에

우리들의 짐짝 트렁크에 이마를 대고
여덜시간 내 간구(懇求)하고 또 울었다.

  이 시를 첫째 단계와 둘째 단계의 학습 방법에 따라 논의하기는 비교적
쉬운 일이었다. 이미지에도 난해한 데가 없어서 수업은 매우 흥미 있게 진
행되었다. 그러나 한 학생이 이 시에 담긴 체험을 일정말(日政末) 제국주의
의 침략에 고통당하던 민족의 체험이라고 해석한 데서 문제가 발생하였다.
뱃멀미라는 개인적 체험이냐 나라 잃은 시대의 사회적 체험이냐 하는 논의
가 분분하였다. 결국 그 두 가지 해석은 모두 정당하며 읽는 사람의 체험에

따라서 결정될 뿐이라고 결론을 내릴 수밖에 없었다. 이러한 토론은 작품의 체험을 파악하는 데서 더 나아가 학습자가 스스로 자신의 입장을 확립할 수 있도록 도와줄 수 있다.

시 교육의 마지막 단계는 역시 짓기에 있다. 학습자가 자기의 체험 가운데 기억에 깊이 남아 있는 내용을 일정한 율격을 갖추고 비유를 구성해 가며 기록해 보는 것이다. 다만 이 경우에 예술 작품으로서의 시를 짓는다는 생각을 하지 못하게 경계함이 필요하다. 어떤 시인의 말투를 흉내내는 것도 금지해야 한다. 다만 생활에서 얻은 느낌을 쉽게 노래하듯 기록하게 해야 할 것이다. 이런 종류의 글을 생활서정(生活抒情)이라고 일컬을 수 있는데, 생활서정을 지어보는 것이 시 학습의 마지막 단계이다.

소설 교육론

소설은 사회의 한 제도이다. 소설을 위한 소설을 주장하는 태도는 소설의 본성에 어긋난다. 소설 교육은 사회의 산물인 소설을 사회에 되돌려 주는 활동이다.

1

국어교육은 지식을 가르치는 교육이 아니라 표현과 이해를 통하여 사람됨을 가르치는 교육이다.

우리나라의 문학교육이 지니고 있는 가장 커다란 문제는 미문 중시의 경향이다. 글재주가 있는 학생을 교사는 흔히 작가가 되도록 지도하는데, 그렇게 되면 소설가나 시인이 되고 싶지 않은 대부분의 학생이 교육의 마당에서 탈락한다. 문학의 교육은 시인이나 작가를 위한 교육이 아니라 인간을 위한 문학교육이 되어야 한다. 인간의 평범한 일상생활을 위한 문학교육이 되어야 한다.

교육 내용 가운데 가장 기본이 되는 것은 읽기와 쓰기와 세기이며, 이것들은 인간의 역사와 함께 시작되어 현재에까지 계속되고 있다. 읽기와 쓰기의 학습을 담당하고 있는 국어교육은 인간교육의 중심이라고 아니할 수 없다. 그러나 국어교육의 범위를 읽기와 쓰기에 국한하여 생각하면, 초등학교의 교육에서는 국어교육이 모든 교육의 핵심이 될 것이지만, 중학교 이후에 읽기와 짓기의 내용이 과학·역사·예술 등으로 넓어짐에 따라 전체 교육과정에서 국어교육이 차지하는 비중은 점차로 가벼워진다고 할 수 있다. 글자를 읽고 쓸 수 있게 된 연후에는 국어교육은 쓸모없는 것이 아니냐 하는 비판이 제기되는 것도 그 나름의 이유가 있는 것이다.

그런데 그처럼 넓혀진 교육의 내용이 전적으로 지식에 근거를 두고 있다는 사실에 대하여서는 비판하지 않을 수 없다. 지식은 축적되어 나아가면서 동시에 단순한 원리로 환원되기 때문에 복잡한 현실을 간단하게 정리할 수 있게 해 준다는 데 의미가 있다. 주먹구구로 장사를 하던 사람이 생산과 소비의 상호작용에 대한 지식을 얻고 그 안에 있는 원리를 알게 되면 이전에 그러한 사실을 모르던 때보다는 좀더 편리한 생활을 영위하게 될 것은 말할 나위도 없다. 그러나 현금의 우리나라 실정은 지식을 위한 지식의 교육이 야기하는 폐단으로 인해서 질식할 지경에 처하여 있다. 우리는 누구나 한 때에 탄소의 동위원소를 즉석에서 대답할 수 있었고, 진시황의 새로운 정책 내용을 시험지에 적어낼 수 있었지만, 그러한 지식은 세월이 흘러가면 거의 소용에 닿지 않게 된다. 마치 잊어버리기 위해서 배워 둔 꼴이 되어버린 것이다. 여기서 우리가 분명하게 알 수 있는 것은 교육이 학습자의 구체적인 경험을 떠나면 아무런 의미도 없게 된다는 사실이다. 지식의 교육이라 해도 지식을 위한 지식에 머물 것이 아니라 학습자가 자기의 경험을 스스로 이해하게 하는 방향으로 조직되지 않으면 안 된다.

고등학교에서 국어를 가르치던 때에 나는 늘 수학 선생을 부러워하였다. 무엇을 어떻게 가르쳐야 하는 것인지 분명하지 않은 것이 국어 과목이기 때문이었다. 1차 방정식을 배운 다음에 2차 방정식을 배우고, 삼각함수를 배운 다음에 미적분을 배운다는 수학의 학습내용과 학습순서는 세계의 어디에 가더라도 동일할 것이다. 모든 것이 낯선 불가리아에 갔을 때 고등학교 수학 교과서의 수식들이 우리 교과서의 수식들과 같다는 사실을 발견하고 그 너무나 당연한 사실에 큰 감명을 받았다. 나쁜 선생이 학생에게 줄 수 있는 해악이 다른 어느 과목보다도 적다는 것이 수학교육의 장점이다. 반면에 읽기와 쓰기를 가르친다는 것 이외에는 아무것도 분명하게 한정되어 있지 않기 때문에 국어교육에는 교사의 재량이 지나치게 많이 허용된다. 어느 학교에서나 인기 교사는 대개 국어 교사라는 사실이 국어교육의 불확실성을 증명하는 사례로 제시될 수 있을 것이다.

그러나 학습자의 구체적인 경험에 뿌리를 내린 교육이 참다운 교육이라는 관점에서 보면 국어교육의 중요함이 다시 고려되어야 하고, 문학교육의 가치가 다시 평가되어야 한다.

국어교육은 지식을 다루지 않는 교육이라는 테에 특색이 있다. 지식이 삶에 도움을 준다는 사실을 무시할 수 없지만, 우리의 생활은 대체로 지식과 무관한 요소들로 구성되어 있다. 그리고 문학은 지식이 아니라 '우리가 아무것도 모른다고 하는 사실'에 토대하고 있다. "어떻게 살아야 할지를 모르는 사람들아, 그대들은 올바로 살고 있는 것이다"라고 한 니체의 말은 그대로 문학교육에도 해당된다. 국어교육이란 그 형식에 있어서는 타인을 이해하고 자기를 표현하는 방법이 중심이 되며, 그 본질에 있어서는 사람됨을 바탕으로 수행되는 것이기 때문이다. 문학교육의 의미는 사람으로서 사람 노릇 하는 길을 찾는 데에 있다. 문학교육의 내용 속에는 어떻게 살아야 할 것인가라는 질문이 깊이 배어 있다.

2

퇴폐적 사회에서는 사상과 정서가 분리된다. 소설 교육의 목적은 생각과 느낌을 통합하는 힘인 상상력의 실현에 있다.

문학교육의 목적은 생각과 느낌을 잘 결합하게 하는 데 있다. 퇴폐적인 사회에서는 생각과 느낌이 분리되어 치밀한 사고를 할 줄 아는 사람에게서 유치한 감각을 보게도 되고, 섬세한 직관능력을 지닌 사람에게서 천박한 사고를 엿보게도 된다. 게임을 좋아하는 기독교 신자를 만나면 어딘가 야릇하게 여겨지는데, 건전한 생활은 생각과 느낌이 하나로 종합된 위에서만 가능할 것이다.

생각의 특색은 보편타당성을 내세우는 데에 있다. 생각의 생명은 보편타당성에 있으므로, 기발하고 유별난 생각은 제 구실을 다하지 못한다. 좋은 생각은 어린애건 노인이건 누구나 들으면 곧 납득할 수 있는 내용으로 되어 있다. 문학교육에서 생각을 취급하는 경우에 우리는 두 가지 위험성을 경계해야 한다. 하나는 단 하나의 생각만이 진리라는 독단주의이다. 이 세상에는 무수한 사상들이 있고, 모든 생각에 어느 정도의 타당성이 깃들어 있음을 누구도 부정할 수 없다는 이유에서 독단주의는 부정되지 않을 수 없다. 오히려 문학교육에서는 불교 사상을 표현한 작품을 기독교 신자가 즐길 수 있고 기독교 사상을 표현한 작품을 무신론자가 즐길 수 있다는 점을 강조해야 할 것이다. 그리스 비극이 온 세계에서 읽히고 있는 이유가 그리스 사상이 절대적인 진리라는 데 있지는 않을 듯하다. 또 하나의 위험은 허무주의이니 아무런 생각이나 다 괜찮고, 사상 사이에는 우열이 없다는 태도이다. 되는 대로 살면 그만이라는 생각인데, 이러한 견해는 교육 자체를 불가능하게 한다. 교육이란 절대적인 것은 아니더라도 늘 일정한 표준을 설정하고, 그 표준에까지 학습자를 성장시키려는 노력이다.

이 세상에는 유치한 생각을 하는 사람과 성숙한 생각을 하는 사람이 있고, 혼란된 생각을 하는 사람과 일관된 생각을 하는 사람이 있으며, 편협한 생각을 하는 사람과 폭넓은 생각을 하는 사람이 있음을 우리는 인정하지 않을 수 없다. 문학교육에서 교사는 폭이 넓고 앞뒤가 맞는 생각을 함양하도록 노력하지 않으면 안 된다.

감정·감각·직관·정서 등을 포함하는 느낌은 원래가 신체의 변화와 함께 나타나는 것이다. 심장의 고동과 빠른 호흡과 몸에 돋는 소름을 제외하고 다른 데에서는 두렵다는 느낌을 찾을 수 없다. 우리가 슬픔이라고 여기는 상황에 직면하면 의식할 여지도 없이 눈물이 나오고, 울음이란 신체의 변화가 슬픈 감각을 강화하며, 신체가 극도로 긴장하여 더 이상 버틸 수 없이 피로해져서 신체의 긴장이 풀어지게 됨에 따라 슬픈 느낌도 가라앉는다. 우리가 무의식이라고 부르는 정신의 활동도 대체로 느낌에 속하는 것이니, 문학교육에서는 생각보다 더 많이 느낌을 강조하지 않을 수 없다. 느낌이 생활의 바탕이고 생각은 느낌의 바다에 묻혀 있는 작은 섬이라고 보아도 무방하다. 우리가 인간의 신비와 인간의 깊이를 말하게 되는 것도 주로 인간의 느낌이 우리가 지식으로 파악할 수 없도록 넓고 심오하기 때문이다.

좀더 극단적으로 말하면, 모든 종교 체험이 느낌에 뿌리박고 있다고 볼 수도 있다. 동학에서는 '사람이 곧 하느님'이라고 하는데, 이러한 명제의 의미도 인간 내면의 깊은 곳 어딘가에 하느님이 있다는 믿음일 것이다. 하느님이 "내 마음은 곧 네 마음이며, 세상에서 말하는 귀신이란 것도 나이다"라고 말했다고 한 것에 미루어 살펴보면, 그 하느님은 악마와 뗄 수 없이 결합되어 있는 존재이니, 동일한 존재에 빛과 그늘, 드러냄과 숨김이 양면적으로 함축되어 있으며, 그러한 존재의 속 바탕은 악마라기보다는 하느님이라는 직관이 '사람이 곧 하느님'이라는 명제의 내용일 듯하다. 느낌의 깊은 신비를 이해하는 데에는 최제우와 동일한 내용을 진술하고 있는 융의 다음과 같은 해설이 도움이 될 것이다.

우리가 아주 조심스럽게 해석해 본다면 여기에는 무척 강한 정신적 에너지의 긴장이 문제 된다고 할 수 있는데 이런 에너지 긴장이 아마도 아주 중요한 무의식의 내용에 해당될 것이 분명하다. 이 내용은 강력한 효력을 가진 것으로 의식을 사로잡아 버린다. 이 강대한 '객관정신'은 어느 시대나 다이몬 또는 신이라 불려왔는데, 다만 종교적으로 그렇게 부끄럼을 많이 타게 된 오늘에는 예외로 적절하게 '무의식'이라 말하게 되었다. 왜냐하면 하느님은 실제로 무의식이 되어버렸기 때문이다―'하느님'은 인간의 한 근원적 체험이며 인류는 헤아릴 수 없는 시대부터 상상할 수 없는 노력으로 이 파악할 수 없는 체험을 묘사하고, 이것을 해석과 사변과 도그마로써 동화하고자 하였고 아니면 이를 부인하고자 애써 왔다. (*Bruder Klaus*, 전집 11집, 349면)

즐거움, 기쁨, 두려움, 슬픔, 사랑, 미움 등의 다양한 느낌이 사소한 동기에서 시작되어 최고 절정에까지 도달하며, 소설에 다양하게 나타난다. 소설 안에서 느낌은 어떤 때는 희망에 취하고, 어떤 때는 광기에 찔리고, 어떤 때는 절망에 가라앉고, 어떤 때는 입김만 불어도 허공에 날아가고, 어떤 때는 성난 물결처럼 날뛴다. 인간의 영혼이 운명의 희롱감이 되어 운명의 수레바퀴 밑에 몸을 깔면서도 휴식이 없는 황홀경에 빠지기도 한다. 그리고 병과 죄로 대표되는 고뇌가 없으면 소설은 존립할 수 없다. 쫓기는 자의 불안을 기록한 범죄 소설은 서사문학의 한 원형이다. 소설 작품을 읽으면서 실제로 가슴이 뛰고 숨이 차고 할 정도의 신체적 변화를 느끼게 하는 데에 소설 교육의 성공과 실패가 달려 있다고 해도 과언이 아니다.

보편적인 생각이 특수한 느낌과 결합될 때에 상상력이 나타난다. 생각과 느낌이 서로 분리될 수 없도록 종합된 상태가 상상력이 활동하는 상태이다. 문학 작품에 표현된 생각은 누구나 다 알 수 있는 쉬운 내용이지만, 그것이 단순한 생각이 아니라 느낌과 결합된 상상력이기 때문에 작품을 읽는 사람은 깊은 정서적 체험을 겪게 되는 것이다.

시인은 인간의 능력들을 각자의 가치와 지위에 따라서 서로서로 종속시키면서 결국 인간의 영혼 전체를 활동시킨다. 그는 통일의 기분과 정신을 편만(遍滿)시키는데, 그것은 저 종합적이며 마술적인 능력으로 말미암아 각 능력을 서로서로 융합시킨다. 그러한 종합적인 능력에 대해서 우리는 상상력이란 명칭을 전용(專用)해 왔다. 이 능력은 최초에 의지력과 이해력에 의하여 활동을 일으키지만, 그 뒤에도 그들의 용서 없는 통제―비록 그 통제가 온유해서 우리의 주의를 끌지는 않지만―를 받음으로 해서 서로 반대되거나 또는 불일치한 성질들을 균형시키거나 또는 타협시키는 데 그 진상이 나타난다. 이를테면, 동일성과 차이성, 일반적인 것과 구체적인 것, 개별적인 것과 대표적인 것, 기이청신미(奇異淸新味)와 일상다반사(日常茶飯事), 보통 정도 이상의 정서 상태와 보통 정도 이하의 질서, 항상 각성해 있는 판단력과 열렬심각한 감정……이런 것 등을 서로 융합시킨다. (콜리지, 「문학평전」, 14장)

상상력의 활동을 대체로 네 단계로 나눌 수 있다. 첫째는 이미지가 표상하는 대상의 감각적 성질을 과장하는 것이니, 포플러 나무의 이미지에서 그것의 하늘로 치솟은 형태를 강조하여 상승을 나타내는 것과 같은 경우이다. 대상을 직접적으로 지칭하는 명사에 작용하는 것이 아니라 그것의 성질을 보여주는 형용사에 작용하는 것이다. 둘째, 상상되는 세계가 형용사의 영역을 벗어나서 더 직접적으로 대상 자체를 지칭하는 명사의 영역에 속하게 되는 것으로서, 물질을 변질의 가능성 가운데서, 따라서 생성의 가능성 가운데서 파악하는 것이다. 맑은 샘물은 더러운 물로 될 수 있으며, 더러운 물이 깨끗하게 된 것으로 간주할 수도 있다. 셋째, 상상력이 대상의 외부에서 떠나서 대상 가운데 화육(化肉)되어 물질을 힘으로 파악하여 물질과 힘을 종합하는 것이니, 무거움이나 가벼움으로 이루어지는 이미지의 경우이다. 넷째, 대상의 물질 전체가 힘으로 변해버린 상태로서, 발에 붙은 날개와 같이 상상력이 대상을 만들어 내는 경우이다.

3

소설 교육은 미학의 문제보다 생활과 경험의 문제에 집중해야 하며
가능한 한 역사적 관점을 학습자의 입장에서 포함해야 한다.

우리의 경험은 주로 감정으로 구성되어 있는데, 감정적 경험이 가장 구체
적으로 형상화된 문학이 소설이다. 우리들이 일상생활에서 겪는 체험에 가
장 가까운 경험이 소설에 나타나기 때문이다. 소설이란 한마디로 하여 어떤
세상에서 어떤 사람이 살아가는 이야기인데, 이것을 다소 격식을 차려 말하
면, 작중인물과 주변공간의 변증법적 대립이 전개되는 과정이라고 할 수 있
다. 여기서 변증법적이라고 한 데에는 무슨 대단한 뜻이 있는 것이 아니라
서로 떼어낼 수 없이 결합되어 있다는 정도의 의미를 함축하고 있는 것에
지나지 않는다. 소설에는 사람들이 살아가는 모습이 나오며 세상이 변화되
어 가는 모습이 나온다. 인간과 연관되는 것은 모두 소설에도 관계되어 있
다는 의미에서 우리는 소설을 문화의 용광로라고 부를 수 있다. 소설을 시
처럼 정밀하게 분석할 수는 없다. 또 그러한 분석이 소설의 이해에 중요한
것도 아니다. 분석하기 곤란하다는 소설의 성격 때문에 시 교육에서와는 반
대로 소설 교육에는 논의의 영역을 지나치게 확대할 위험이 있다. 어떤 사
람의 성격과 태도와 행동을 자세히 살펴보고 느껴 보면서 그 사람이 살고
있는 공간을 또한 여러 각도에서 머리 속에 그림 그려 보게 하는 것 이외
에는 특별한 방법이 없는 것이 소설 교육이다. 그러면서도 소설과 현실이
다르다는 점, 즉 아무리 생생하게 느껴지는 사람이더라도 소설 속의 인물에
게는 주민등록번호가 없다는 점을 알게 해야 하는 데 소설 교육의 어려움
이 있다. 그러므로 저자는 사물과 주제를 일단 다음 단계로 설정하고 무엇
보다 먼저 줄거리를 요약하게 하는 데서 소설 교육을 시작하자고 제안하는

것이다. 소설의 줄거리는 소설을 자주 읽어 소설에 친숙해지는 가운데 저절로 드러나는 것이지, 소설을 읽지 않고도 알 수 있는 추상 개념이 아니다. 저자는 작가와 서술자가 서로 다른 사람이라는 것을 수필과 소설이 갈라지는 기준이라고 본다. 그러나 수필의 형식과 소설의 형식을 구별해내기란 실제로 쉬운 일이 아니다. 아무런 신문이나 하나 펼쳐서 "휴일에 가볼 만한 곳" 또는 "지금 이 사람"과 같은 기사를 읽어보고 그 글의 형식이 소설의 형식과 어떻게 다른가 물어본다고 할 때에, 소설을 한번이라도 써본 사람이라면 누구나 다른 점을 분명하게 말하지 못할 것이다. 사람은 어떤 장소나 어떤 인물에 대한 관심이 유난히 강한 동물이다. 사람을 제외한 다른 동물들 중에도 잘 곳과 먹을 것 이외에 어떤 장소나 어떤 동물에 대하여 호기심을 가지고 있는 동물이 또 있는지는 모르겠으나, 사람들이 모이면 언제나 "어디에 가 보았더니 어떻더라", "누구를 만났더니 어떻더라"는 이야기가 나오기 마련이다. 장소는 인물의 무대가 되고 살아가는 이야기의 공간이 되므로, 소설의 전경에는 인물이 자리잡게 된다. 소설은 "이 사람을 보라"는 문장을 다소 야단스럽게 확대한 신문이다. 소설 교육에서 가장 위험한 것은 소설에 나오는 사람을 추상화하여 하나의 이상형으로 내세우는 것이다. 노드럽 프라이는 작중인물과 주변공간이 보통의 종류 이상으로 우월한 이야기를 신화라 하고, 그 둘이 범상한 정도 이상으로 우월한 이야기를 전기(傳奇)라 하고, 작중인물은 보통 정도를 넘지만 주변공간이 범상한 정도에 머무는 비극과 작중인물과 주변공간이 우리들과 동일한 정도이거나, 우리보다 저급한 정도의 소설을 다시 나누었다(「비평의 해부」, 33~34면). 소설에 나오는 사람은 위인이 아니고 대체로 우리와 동일한 정도의 사람이므로 어떠한 주변공간에서 그 사람이 취하는 태도가 우리에게 잠시 생각하게 할 만한 데가 있다는 정도 이상으로 그 사람을 중시하면 안 된다.

　작중인물의 형상화나 주변공간의 설정에서 미학적인 처리에 두드러진 것이 있다면 학습자와 교사가 함께 논의해 보는 것도 좋겠지만, 소설의 교육에서는 미학의 문제보다 생활과 경험의 문제에 집중하는 것이 좋을 듯하다.

다만 만남과 이별과 다시 만남이라는 전개로써 시작과 중간과 종결을 분명히 처리할 수 있고, 다양한 이별의 계기를 쉽사리 마련할 수 있기 때문에 흔하게 나타나는 연애소설과 두 사람의 주동인물을 결정하는 데에 다소의 변형을 삽입하여 세 사람의 관계로 나타나는 삼각관계형 연애소설의 유형을 이해하게 하는 것은 소설의 형식을 가르치는 데 필요하다. 우리 고전소설의 계모형과 쟁총형(爭寵型) 소설이 곧 삼각관계 형태의 특수한 변형이라는 식의 파악은 소설이 하나의 사회제도 내지 사회의 약속이라는 사실을 알게 하는 데 도움이 될 것이다.

그런데 소설에는 인간의 경험이 세 겹, 네 겹으로 중복되어 있다. 작중인물의 행동 뒤에는 작중인물에 대하여 이야기해 주는 작중화자가 있으며, 작중화자의 이야기 투에는 작가의 시선과 태도가 스며 있다. 소설 교육에서 서술하는 화자와 바라보는 초점자를 구분하고, 작중화자의 주석적 개입과 중립적 비개입을 구별하는 일은 매우 섬세한 주의를 요청한다.

우리는 언제나 작중인물의 태도와 작중화자의 관점과 작가의 입장을 구별해서 생각하고 그 다음에 다시 그 셋을 관련지어야 한다. 현진건의 「빈처」를 보면, 아내에게 투정하는 다소 못난 문학청년의 행동이 있고, 그의 행동을 쌀쌀하게 이야기하는 작중화자의 관점이 있으며, 다시 작중화자를 통해 소설작품을 형상화하고 있는 작가의 상상력이 있는데, 미숙한 독자는 늘 작가와 작중인물을 동일하게 여기는 폐단이 있다. 하나의 행동을 둘러싸고 있는 세 사람의 태도와 시선을 하나씩 살펴보면서 학습자 자신의 생각과 느낌을 간추려 보게 하는 것이 소설 교육의 바른 길이다.

소설의 갈래는 무한히 설정할 수 있다. 우아한 소설이 있고, 숭고한 소설이 있으며, 슬픈 소설이 있고, 우스운 소설이 있다. 그러나 대표적인 갈래는 역시 눈물과 웃음으로 집단화될 수 있는 것이다. 우리가 엄숙하게 고려할 만한 인간의 행동이 어찌 보면 큰 결함도 아니면서, 작품 안에서는 큰 파멸의 요인이 되는 결함으로 인해, 운명이 뒤바뀜을 작중인물이 스스로 알아채게 되어 고투(苦鬪)하는 슬픈 소설과, 전체로서 잔치판 분위기를 보이면서 상식에 어그러지는 행동에 망신을 주는 내용의 우스운 소설은 모든 소설의 대표적인 두 갈래인 것이다. 현대로 오면서 차차 경영 간부층의 위선과 가식을 망신시키는 우스운 소설이 많아져 가고 있는데, 희극예술이 본래 사회적이고 정치적인 의미를 지니고 있기 때문일 듯하다. 프라이는 따뜻한 공통사회와 양순한 짐승과 부드러운 식물과 도시·보석 같은 광물과 강물의 이미지를 희극적 비전이라고 하고, 혼란된 사회와 야수·독사 등의 짐승과 거친 식물과 사막·폐허 등의 광물과 험한 바다의 이미지를 비극적 비전이라 하였지만 현대의 소설은 비극적 비전을 우습게 표현하는 경향이 있다. 그러므로 구체적인 작품을 제외하고 소설의 갈래를 강의하는 것은 아무런 소용이 없다.

소설 교육의 시초는 소설 작품을 앞에 놓고 그 소설에서 학습자가 재미를 느끼게 하는 데 있다. 학생들이 재미를 느끼지 못하는 소설은 교재로서 적당하지 않다. 그러나 소설의 재미가 놀이나 장난의 재미와는 다르다는 점에 유의해야 한다. 김동인의 「붉은 산」을 읽을 때에 중국인에게 매맞아 죽어가는 삶을 보면서 느끼는 감정은 단순한 재미와는 어긋난 면이 있다. 재미는 재미이지만 단순한 재미와는 다르다는 뜻으로 소설을 읽을 때의 느낌을 난폭한 기쁨이라고 부르는 것이 좋을 듯하다.

학습자 자신의 입장이 세워지지 않았다면 소설 교육은 반밖에 성공하지 못했다고 할 수 있다. 소설을 읽고 질문할 줄 모르는 사람은 소설문맹자이다. 우리의 삶이나 소설 안에 형상화된 삶이나 간에 모두 부분과 전체의 복잡한 상호작용으로 이룩되어 있다. 사람의 사람 된 특징의 하나는 자기의 좁은 생활 경험에만 얽매여 가만히 있지 않고, 흔히 현실의 전체에 대하여 상상하는 것이다. 물가가 올랐다거나 거짓말을 하지 말라거나 하는 단순한 말 뒤에도 물가가 많이 오르지 않는 세상이 좋은 사회이며, 사람은 정직해야 한다는 식의 사회 전체와 인간 전체에 대한 상상적 가설이 개입되어 있다. 어떠한 경우에도 전체가 물건처럼 확실히 파악될 수 없음에도 불구하고 인간은 전체를 상상하는 동물이라는 사실은 변하지 않는다. 우수한 장편소설은 여러 집단 및 계급들이 상호 갈등하는 현실의 본질적 모순을 함축하고 있으며, 동시에 작가는 그러한 집단적 관계를 파악할 수 있는 특수한 위치에 속해 있다. 18세기의 남인 학자들이나 19세기의 동학도들과 같이 상층문화를 체득하고 있는 소외계층의 의식은 작가의 정신현상과 유사하다고 볼 수 있다. 그러므로 역사적인 관점에서 자본사회의 진전에 따라 문제삼을 만한 주인공을 통하여 현실을 폭넓게 묘사하던 단계의 소설로부터, 왜소한 주인공을 통하여 현실의 균열상을 협소하게 묘사하는 단계의 소설로 바뀌었다는 식의 설명도 사회계급의 역사적 변천과 함께 제시되면 다소의 도움이 있을지 모른다. 또한 작중인물과 주변공간의 변증법적 대립이 전개되는 과정을 개인과 사회의 상호작용으로 바꾸어, 개인의 의식은 그 밑뿌리까지 사회 상태와 사회의 조건과 계급 상황에 의하여 구속되고 있으나, 개인은 언제나 완전히 확정될 수 없는 영역을 지니고 있다는 관점에서 개인과 사회의 균형을 소설의 이상이라고 제시하는 것도 무방하다. 개인의 생활과 전체적 생활양식이 다같이 생생하게 제시되는 소설이 좋은 작품이지만, 혁명과 전쟁의 소용돌이 가운데 공동체를 상실한 20세기에는 광부·군인들의 생활양식을 묘사하는 사회소설과 개인의 깊고 섬세한 감각과 감수성을 묘사하는 심리소설이 나누어져 광부는 광부이기 이전에 인간임을 망각하거나 개인은 개인인 동시에 사회 속의 인간임을 망각하게 되었다는 견해를 우리의 현실에 맞추어 소개하는 것도 현학에로만 흐르지 않으면 역사적이고 전체적인 안목을 기르는 데 유익할 듯하다.

소설 교육을 역사적 관점과 결합하는 또 하나의 방식은 몇 가지 원칙을 획득하게 하는 것인데, 다소 위험스러운 방법이다. 20세기 전반기의 우리 사회에는 노동자와 농민과 소시민과 민족 지주와 민족 자본가가 결합하여 침략 세력 및 봉건 세력에 대하여 투쟁해야 한다는 원칙이 있었고, 20세기 후반기의 우리 사회에는 농민·노동자·소시민·중소자본가가 매판자본과 독점자본에 항거해야 한다는 원칙이 있다고 생각하고, 그러한 원칙에 따라 소설을 이해하는 방법이다. 아주 단순히 생각하여 소설의 경우만 보아도 한 권의 소설집도 수출되지 않는 마당에 무수한 서양의 소설들이 일방적으로 수입되고 있는 우리의 실정을 문화적 예속 상태가 아니라고 부정할 사람은 없다. 자본의 생리에 비추어 독점자본과 매판자본에 강력한 게임의 규칙을 부과하지 않으면 안 된다는 사실도 부인할 수 없다.

그러나 소설 작품에서 그러한 원칙은 소극적으로 작용할 뿐이다. 정치적인 악을 주장하는 소설은 좋은 작품이 될 수 없지만, 정치적인 선이 곧바로 좋은 작품의 기준이 될 수는 없다. 소설의 임무는 미래를 점치는 데 있지 않다. 독립이나 통일에 대한 예언은 소설의 직능이 아니다. 마치 모든 해탈을 전적으로 거부하는 듯이 소설은 전개된다. 소설은 나라 잃은 시대의 주변공간에 직면하여 작중인물이 느끼는 불만과 심리적 갈등을 제지하고 형상화할 따름이다. 이 점에 강한 예언적 기도와 찬양을 다룰 수 있는 시와 다른 소설의 성격이 있을 듯하다.

신념이니 원칙이니 사상이니 하는 커다란 것들은 시기와 호감과 같은 잘다란 인정의 기미와 언제나 함께 있다. 우리는 원칙을 어기고 매국노가 된 사람을 욕할 때가 있지만, 가족과 친구의 사이에서 위대하고 숭고한 세계를 잊고 사는 경우가 더 많은 것이다. 혁명가라고 해서 웃지 말라는 법이 있느냐는 풍자처럼 삶은 실로 조그만 것들의 세계이다. 신채호 선생이나 김창숙 선생도 어머니 앞에서는 착한 아들이었던 것이다.

단편소설은 원래가 조그만 것들의 세계밖에는 다룰 수 없고, 단편소설에 무리하게 사상을 넣으려 하면 반드시 실패한다. 장편소설의 장점은 그 사상의 폭과 깊이, 현실의 균열상에 대한 '해석의 열광'에 있지만 역시 거기서도 자잘한 세부가 오히려 더 중요하다고 볼 수 있다.

건전한 삶이란 커다란 것과 조그만 것의 균형을 성취하는 생활이다. 소설 속에는 언제나 병들고 죄 많은 사람들의 생활이 나타나지만, 그러한 작품을 가르치고 배우면서 교사와 학습자는 자기의 생활을 좀더 균형 있는 것으로 형성할 수 있다.

4

   실제의 수업현장은 교사의 침묵과 학습자의 활동으로 수행되어야 한다. 교사가 오히려 배우는 자리에 서야 하는 것이다.

   소설 교육의 현장에서 사용할 수 있는 방법의 하나는 다음과 같다.

   (1) 장편의 경우에는 집에서 읽어 오도록 하고 단편의 경우에는 학생들을 하나씩 호명하여 낭독시킨다.

   (2) 네 학생을 차례로 불러 일으켜 소설의 줄거리를 자기 말로 이야기하게 한다. 다른 사람은 전혀 그 소설을 안 읽었다고 가정하고 자세히 이야기하게 하되, 되도록 재미있게 표현해 보도록 지시한다.

   (3) 같은 소설을 두고 네 학생이 이야기해도 재정리한 내용이나 이야기투가 다소 다를 터이다. 두 학생을 차례로 불러서 앞서 이야기한 네 사람의 이야기하는 방식의 서로 다른 점을 비교해 보도록 한다. 이러한 훈련은 문체를 맛보는 준비가 될 수 있다.

   (4) 소설을 읽으면서 머리에 떠오른 의문을 될 수 있는 대로 많이 질문하게 한다. 질문은 "이 사람이 여기서 왜 이렇게 행동하였습니까?", "이 사람이 여기서 왜 이렇게 생각하였습니까?", "작가는 이 부분의 분위기를 왜 이렇게 마련했습니까?" 등의 형식을 취하게 한다.

   (5) 질문이 나올 때마다 교사는 그 질문을 명확하게 정리해 주고 학생들

가운데 아무나 생각나는 사람이 대답하게 한다. 나온 대답들 역시 교사가
그때마다 정리해 준다.

　수업은 가능한 한 사건의 시간성과 공간성, 그리고 인물의 형상성을 벗어
나지 않는 범위 안에서 전개되도록 해야 한다. 주제에 대한 장황한 토론은
소설교육에 도움이 되지 않는다. 작품안으로 들어가 줄거리를 찬찬히 요약
해 보도록 하는 것이 소설교육의 핵심이 되어야 한다. 이러한 방법으로 전
개되는 소설 교육의 현장에서 내가 학생들에게 배운 바도 적지 않다. 「구운
몽」을 가지고 수업하고 있을 때에, 대체로 일부다처제를 합리화한 귀족소설
로 알려져 있는 이 작품에 대하여 학생 중의 하나가 "실제로 예전에는 한
남자가 여덟 여자나 데리고 살 수 있었는가?"라는 다소 유치한 질문을 하
였다. 그런데 학생들 가운데서 나온 대답의 하나가 정신을 긴장시키었다.
그의 대답을 요약하면 다음과 같다.—이 소설을 가만히 보면 17세기 우리
사회가 꿈꾸던 이상적 여인의 전람회 같은 느낌이 든다. 그런데 여덟 여자
중에 예절과 음악에 깊이 통달한 여자가 이소화, 정경패, 진채봉, 가춘운 이
렇게 넷이고, 노래와 춤에 통효한 여자가 계섬월, 적경홍, 심요연, 백능파
이렇게 넷이다. 결국 이 여덟 여자는 정격의 여인상과 파격의 여인상으로
대표되는 두 여자의 변형이니, 천자의 누이로서 스스로 정경패에게 굽혀 둘
째 부인이 된 이소화는 겸손이 예절의 핵심이므로 정격의 원형이 되고, 계
모에게 팔려 소주(韶州) 아전의 딸로서 기생이 된 계섬월이 파격의 원형이
다. 신분을 천자에서 사도(司徒), 어사(御史), 아전으로 내림에 따라 세 가
지 변형이 나타났고, 팔려간 계섬월에 대하여 영웅호걸과 사귀기 위하여 스
스로 기생이 된 적경홍을 설정하고, 칼춤에 능한 토번(吐番)인 심요연과 초
목을 움직일 만큼 비파를 잘 타는 용녀(龍女) 백능파를 마련했으니, 용녀란
곧 외국 여자로서 모두 춤과 노래로 남자를 즐겁게 하는 파격 여인상의 변
형이다.
　그 대답을 듣고 잠시 망연히 있었더니 또 다른 학생이 일어나 그렇다면

성격의 여인상과 파격의 여인상을 둘로 나누는 것은 무엇 때문이냐? 모든 여자가 열녀와 창녀의 속성을 다 지니었다는 말과 같이 정격과 파격이 한 여자의 양면성이라고 보는 것이 더욱 합리적이 아닌가라고 해서 다시 한 번 놀랐다.

「심청전」을 대상으로 수업할 때에도 명문거족의 출신으로 행실이 의젓하던 심학규가 뺑덕어미와 동거하는 장면과 황성길에 방아 찧는 아낙네들과 만나 음담을 주고받는 장면에 나타나서 천박하게 표현되는 내용상의 혼란을 질문 받고 부분의 독립성이니, 판소리의 이원성이니 하는 대답을 준비하고 있었는데, 또다시 흥미 있는 대답이 나왔다. 참고로 그 두 부분을 인용하면 다음과 같다.

A. 본촌의 서방질 일수 잘하여 밤낮 없이 흘레하는 개같이 눈이 벌게 다니는 뺑덕어미가 심봉사의 전곡이 많이 있는 줄을 알고 지원 첩이 되어 살더니 이 년의 입버르장이가 또한 아래 버릇과 같아여 한시 반때도 노지 아니하랴 하고 하는 년이라……그러하되 심봉사는 여러 해 주린 판이라 그 중에 실락은 있어 아모란 줄을 모르고 가산이 점점 패하니(완판본 상권 13장 앞)

B. 여러 계집 사람들이 방아 찧거늘 심봉사 피서하랴 하고 방아집 그늘에 앉아 쉬오더니 여러 사람들이 심봉사를 보고 애고 저 봉사도 잔치에 오는 봉사요 이 새에 봉사들은 쉬게 하던고 저리 앉았지 말고 방아 더러 찧제 심봉사 그제야 마음의 헤아리되 옳제 양반의 집 종이 아니면 상놈의 좆집이로다 하고 기동이나 하여 보리라 대답하되 천리타향의 발섭하였는 사람더러 방아 찧으라 하기를 내 집안 어른더러 하듯 하니 무엇이나 좀 줄라면 찧어주제 애고 그 봉사 음흉하여라 주기는 무엇을 주어 점심이나 얻어 먹제 점심 얻어 먹으랴고 찧어 줄테관대 그러하면 무엇을 주어 고기나 줄까 심봉사 히히 웃으며 그것도 고기사 고기제마는 주기가 쉬리라고 줄지 아니줄지 엇지 압나 방아나 찧고 보제 옳제 그 말이 반허락이렷다(완판본 하권 28장 앞·뒤)

한 학생이 일어나 한마디로 하되 "인간이란 그런 것 아니냐"라고 하였다.

잠시 어안이 벙벙하였다가 생각하니, 흔히 소설론에서 납득할 만한 방식으로 독자를 놀라게 하는 작중인물을 입체적 인물이라 하니, 심봉사도 역시 납득할 만한 방식인지 아닌지는 검토해 볼 여지가 있으나 입체적 인물임에는 분명하다는 결론을 내릴 수밖에 없었다. 신과 악마가 함께 사는 인간의 바탕이 양면적임을 부정하기도 또한 어려웠다. 심청이와 뺑덕어미가 나타내는 이미지도 여자의 양면성이라는 데에까지 논의는 미치었고, 드디어 심청이와 점잖은 심학규가 짝이 되고, 뺑덕어미와 음란한 심학규가 짝이 됨이 타탕한 소설적 전개라는 결론을 내리고야 말았다. 「심청전」에 대한 다른 질문의 하나는 "몸과 터럭과 살갗은 어버이께 받은 것이니 헐어 상하게 하지 않는 것이 효도의 비롯이다"라는 입장에서 심청의 행동은 효성스럽지 못하다는 내용인데, 그에 대해서는 의견이 분분하여 결혼을 앞두고 고통을 달게 견디는 성년식(initiation)의 일종으로 볼 수 있으며, 장님이 눈을 뜬다는 것은 심청이 자신의 체험은 아니지만, 소설 전체의 의미로 보아 유치한 상태에서 성숙한 상태로 변모되는 과정으로 볼 수 있을 듯하다는 정도의 암시를 해주었다.

작은 암시 하나가 논의의 내용을 크게 발전시키게 되는 일이 자주 있다. 김동리의 「무녀도」에 대하여 수업할 때인데, 매양 나오는 말이 기독교와 무격 사상의 대립에서 맴돌기에 "모화를 소설의 인물이라고 보지 말고 자기 어머니라고 상상해 보라"고 귀띔했더니, 즉시 수업 분위기가 활기를 띠어, 가슴속에 깃들어 있는 삶의 원리인 믿음과 아들에 대한 본능적 사랑이 한 여자의 마음속에서 결고트는 심정의 드라마에 관심이 모아졌다. 그렇게 되니, 저절로 그 나름의 자족한 세계에 살던 모화가 감정의 분열을 겪게 되는 계기와 신앙을 위해 아들 욱이의 등을 식칼로 찍는 믿음의 승리와 아들의 간호를 위해 굿을 전폐하는 모성애의 승리가 차례로 전개되고, 아들이 죽은 후에 이미 무당도 아니고 어머니도 아닌 한 여자가 죽음으로 향할 수밖에 없이 되는 소설 결구의 필연성에까지 논의가 이르렀다.

5

소설 교육은 작문 교육에 연결되는 데서 완성된다. 생활서사를 짓게
한다든지 생활연극의 각본을 구성해 보게 하는 것이 그 방법이 된다.

소설을 읽고 재미있게 느끼고 여러 모로 생각해 보는 데 그치는 소설 교
육은 아직 미흡하다. 소설 교육은 마땅히 짓기까지 나아가지 않으면 안 된
다. 그렇다고 해서 소설을 지어보라고 하는 말은 결코 아니다.

소설은 서술과 묘사, 지문과 대화를 적당히 섞으며 진행되는데, 이러한
구분은 명확한 것이 아니고, 소설을 읽을 때에는 별 도움이 되지 않는 것이
긴 하나, 이러한 구분이 분명히 나누어지는 것이 아님을 전제로 하고 학습
자에게 대강 가르쳐 둔다.

그 다음에 어려서부터 지금까지 자신이 겪은 일 가운데 머리에 남아 있
는 것을 서술과 묘사, 지문과 대화의 혼합 형태로 적게 한다. 글의 길이는
200자 원고지 10장 정도로 하고 수업 시간 중에 지어내게 하는데, 소설을
짓는다는 생각을 하게 되면 안 되며, 겪은 일을 그대로 적되 글의 앞뒤를
맞추기 위하여 꼭 필요한 정도로만 허구를 용인한다.

이런 종류의 글을 <생활서사>라고 부를 수 있는데, 생활서사를 짓게 하
면 학습자가 반복되는 생활을 돌이켜 보고 스스로 반성하며 좀더 흥미 있
게 살 수 있게 하는 데 일면의 기여를 할 수 있을 듯하다.

제목은 정해 두어도 좋고 자유로 하게 해도 좋으나, 다음에 <노인 이야
기>라는 제목을 정해 주고 쓰게 한 글 가운데 두 편을 참고로 제시하겠다.

A. 꼭 닫아 놓은 토방의 아랫목에 조그만 상을 갖다 놓고 꼬부랑말을 읽고
있었다. 그게 무척이나 듣기 어려운 것이었다. 어머니는 돼지우리에 구정물을

주러 나가셨고, 동생은 나를 따라서 교과서 한 권을 들고 앉아 있다. 할머니께서는 고구마 두지에 기대앉아 긴 담뱃대로 연기를 뻐끔뻐끔 뿜으시고 계셨다. 할머니께서는 내가 래블래블 하는 말을 들으실 때마다,

"그 참 별놈의 말이 다 있제. 내사 한 마디도 못 알아 들겄다."

라고 하시곤 했다.

나는 어떨 때는 일부러 소리를 크게 내어 읽곤 했는데 습관이 되어서 그런지 영어 책을 읽을 때에 소리를 내어 읽지 않으면 갑갑했다. 뜻도 잘 모르면서 소리만 죽자 하고 지르곤 했다. 그러다 보면 이해가 되는 수도 있었다.

그 때에 집으로 들어오는 골목에서 인기척이 나는 것 같더니,

"이 집 돼지는 참 치중을 잘 하제."

하며 들어서는 앞집 할머니의 목소리가 들려 왔다.

"어서 방에 들어가시이소."

하는 어머니의 목소리와 함께 방문이 열리고 할머니께서 추운 데 어서 들어오시라고 하시는 말씀이 들렸다.

나는 책 읽기를 멈추고 문 앞으로 갔다. 할머니와 앞집 할머니께서 아랫목에 앉으셨다. 앞집은 서울로 이사하려고 아저씨와 아주머니가 서울에 방 얻으러 가셨다. 콩 타작을 하다가 눈을 다쳐서 연방 수건으로 눈에 끼인 찌꺼길 닦아 내시는 그 할머니는 쇠돈 몇 개를 호주머니에 넣고 짤랑거리시며,

"종훈이 그 놈이 도가진가 뭔가 산다꼬 20원 주고, 어제 성훈이 채비 주고 나잉께 돈이 없는데 오짜꼬 모르겄다. 저것들 감시로 만이천 원 주는 거 비로 값 주고 낳께 없네 고마. 그 뽕나무 비로를 꼭 시방 주라 카네."

초등학생 둘과 고등학교 1학년 학생 하나를 지금 데리고 계셨다.

"오늘 아침에 근훈이 그 놈이 '나는 할무이가 제일 좋더라' 이리 안 카나. 네 에미가 좋제 할매가 머이 좋노 캤더마 꼭 우리 할머이가 제일 좋다 쿠네."

"하면요, 우리 집 아아들도 내가 부산 가 있으면 보고 접다꼬 막 편지를 해 대고 집에 오면 참 반갑다 겄느마요."

그렇게 말씀하시면서 할머니께서 잘 안 보이는 눈을 크게 뜨고 살포시 웃으셨다. 나는 할머니의 웃으시는 모습을 보고 여간 기쁘지 않았다. 젊었을 때 소한테 떠받혀서 도랑에 빠지신 이후로 할머니께서는 한쪽 눈이 여슴여슴해지셨는데, 칠순을 넘으신 요즈음은 잘 안 보이신다. 할머니의 고생 많은 인생을 생각하고 나는 다시 아픔을 느꼈다. 우리 집에 시집와서 딸을 넷이나 낳는 바람

에 둘째 할머니가 들어 오셨는데, 그 뒤에 바로 우리 아버지인 큰 아들을 낳으셨다. 넷째 딸을 낳았을 때에는 문을 봉창하고 밥도 들여 주지 않아서 둘째 할머니가 할아버지 몰래 보리밥 몇 뭉치를 넣어 주었다고 한다.

몸집도 여리신데다 늘 몸이 성하지 못하셨지만, 다행히 크게 아파 보신 일은 없었다. 그러나 마음고생은 지금까지 끊일 날이 없었다. 아버지도 무던히 할머니 속을 썩이다가 지금은 따로 떨어져 나가 사신다. 그런 고생 속에서도 할머니는 나를 몹시 귀여워해 주셨다. 제사 때 오징어 꼬리라도 남으면 꼭 남겨 놓았다가 나를 주시곤 하셨다. 김이 모락모락 피어오르는 고구마 양재기를 들고 어머니가 들어오셨다. 나는 고구마를 입에 넣고 오물오물 씹으시는 할머니의 모습을 가만히 쳐다보고 있었다. (경상대학 외국어 교육과 2학년 강영래)

B. 기헌의 아버지는 연세가 일흔을 넘었지만 아직 정정했다. 기헌이 할아버지의 제삿날인데 기헌이가 우리 아버지를 찾아서 우리 집에 왔다. 그리고 안 계시니까 내 힘이라도 좀 빌자고 했다. 우리는 밤길을 걸어 기헌네 삼촌 집으로 갔다.

"문중답 내 놔라. 이놈아, 문중답 내놔."

"와 이리 샀소. 빨리 내려가소. 빨리 집에 가서 제사나 지내소. 정말 이럴끼요."

기헌네 삼촌집에는 사람들이 싸움을 말리느라고 야단이었다. 우리는 말없이 사람들 사이로 방에 들어섰다. 기헌이 아버지가 모시를 구리로 감고 있는 백발 노인 앞에서 방바닥을 치며 큰소리를 하고 있었다.

"아버지, 그만 갑시다. 제발 그만 가입시다."

기헌이가 그의 아버지에게 말했다.

아들의 등장에 힘을 얻었던지 기한의 아버지는 더욱 크게 소리를 높이더니,

"이 놈아, 땅 내놔라. 왜 혼자서 팔아먹네." 하고 노인의 뺨을 때렸다.

그 노인은 뺨을 맞고도 가만히 앉아 있는데, 노인의 아들이 발로 기헌이 아버지를 차면서,

"우리 아버지를 와 치노. 나도 더 이상은 참을 수 없다."

하고 외쳤다. 사람들이 뛰어들어 젊은이를 끌어냈고 그 사이에 기헌이는 자기 아버지를 끌다시피 하여 나갔다. 기헌이와 나에게 두 팔을 잡힌 채로 기헌이 아버지는

“문중답 내 놔라. 이놈아, 아무도 모르게 왜 팔아먹었네?”
하고 고함을 질러댔다.
집에 들어서자 기다리고 있던 기헌이 어머니가 울면서 말했다.
“영감 아무리 그래 싸도 소용없소. 그만 참고 지내소.”
기헌이도 울고 있었다.
혼자서 기헌네 집을 나와 걸으면서 나는 무엇인가 잃어버린 것만 같은 기분
이 되었다. (경상대학 국어교육과 2학년 정봉효)

생활서사는 누구나 지을 수 있는 글임을 제시하기 위하여 유려하게 꾸며
진 문체를 일부러 피하고, 내용이 소박하고 짜임새가 거친 글을 선택하였다.
근로자들의 생활서사를 모아 한 권의 책을 엮어 놓고 검토해 보면, 대학생
의 생활서사보다도 더욱 흥미 있는 결과를 얻을 수 있을지 모른다.

소설 교육을 글짓기와 연결시키는 또 하나의 방법은 수업시간에 다룬 단
편소설을 대상으로 하여 작품 안의 대화를 모두 공책에 옮겨 적게 한 다음
에 그 대화들 사이에 도막을 나누고 무대지시를 삽입하여 희곡의 형태로
다시 정리해 보도록 하는 것이다. 이렇게 하여 씌어진 유사희곡은 대체로
느슨하게 풀어져 희곡의 본질인 고도의 조직성을 파악하게 하기 어렵다는
애로가 있으나, 좋은 희곡 작품이 드문 우리 형편에서는 희곡의 형식도 소
설 교육에 관련하여 다루는 것이 큰 허물은 아닐 성싶다.
유사희곡을 짓게 하기 전에 세 가지 주의사항이 필요하다. 첫째, 희곡형
식에 있어서 모든 언어는 반드시 행동과 관련되어 있어야 한다. 행동과 무
관한 언어는 배제하거나 변형해야 한다. 희곡은 언어와 행동의 상호매개이
다. 둘째, 무대라는 한정된 장소에서 아무리 길어도 두 시간을 넘을 수 없
는 시간 안에 공연되어야 하는 연극의 대본이므로 그 언어와 행동은 고도
로 조직되지 않으면 안 된다. 셋째, 소설은 주로 평범한 행동을 다루지만,
희곡은 잘 조직될 수 있는 유별난 행동을 다룬다. 재미있거나 놀랍거나 무
섭거나 후련하거나 한 경험은 중요한 ‘맞섬’을 축으로 하고 전개되는 성공

과 실패 또는 연애와 실연 등의 유별난 행동에서 체험된다. 소설의 대화들 가운데서 일부를 배제하며, 다시 새로운 대화를 포섭함으로써 맞섬이 시작되고 전개되고 해소되는 희곡적 형식으로 얽어 짜게 해야 한다. 그러나 유사희곡을 지어 봄으로써 희곡의 형식에 친숙해질 수는 있다고 하여도 희곡의 생명인 조직성을 체험하기는 어렵다. 소설 교육의 확장으로서의 유사희곡 짓기와 본격적인 희곡 교육은 구별해서 생각해야 할 듯하다. 소설의 대화를 희곡적 형식으로 재정리하는 일만으로는 결코 고도의 조직성을 얻기 어렵기 때문이다.

소설을 희곡으로 바꿔 쓰게 하는 데서 한 걸음 더 나아가 학생들이 스스로 생활연극의 각본을 써 보도록 하는 방법도 시도해 볼 수 있다.

1. 학생들에게 자기의 생활사를 시간순서와 역시간순서로 지어보게 한다.
2. 중복되는 부분 중에 인상 깊은 장면을 확대하게 한다.
3. 약도 없이 자기 집을 찾아갈 수 있도록 글로 설명하게 한다. 글 중에 중요한 부분을 확대하여 묘사하게 한다.
4. 생활사의 사이사이에 묘사를 삽입하게 한다.
5. 읽고 고치고 토론하고 하면서 그것을 연극의 각본으로 함께 꾸며보게 한다.
6. 다 된 각본들 가운데 두 편을 골라 연출과 배역을 정하여 연습하도록 한다.
7. 분장과 소도구 없이 수업 시간에 공연하게 한다.
8. 그 동안의 체험을 "연극이란 무엇인가?"라는 제목으로 정리해 내게 한다.

소설 수업 시간에 생활 연극의 각본을 쓰게 하는 것은 소설과 희곡의 차이를 알게 함으로써 소설을 더 깊이 이해할 수 있도록 하기 위해서이다.

● 문학교육론

• 초판 인쇄	2006년 1월 2일
• 초판 발행	2006년 1월 2일
• 지 은 이	김인환
• 펴 낸 이	채종준
• 펴 낸 곳	한국학술정보㈜
	경기도 파주시 교하읍 문발리 526-2
	파주출판문화정보산업단지
	전화 031) 908-3181(대표) · 팩스 031) 908-3189
	홈페이지 http://www.kstudy.com
	e-mail(e-Book사업부) ebook@kstudy.com
• 등 록	제일산-115호(2000. 6. 19)
• 가 격	17,000원

ISBN   89-534-4458-6 93810 (Paper book)
　　　　89-534-4459-4 98810 (e-book)